TÊTES DE DRAGON

DAVID DEFENDI

TÊTES DE DRAGON

ROMAN

ALBIN MICHEL

À JCG, le plus généreux des « Sifu ».

« Tous les grands maîtres de l'histoire de l'art sont les voleurs les plus habiles. »

Zhang Huan

Le 8 octobre 1860, à quelques kilomètres de Pékin, lors de la deuxième guerre de l'opium, une bande armée de plusieurs milliers de soldats franco-anglais vont piller et incendier l'un des plus beaux chefs-d'œuvre jamais construits par l'homme : le palais d'Été de Pékin, demeure des empereurs et de la cour de Chine.

Cent cinquante ans plus tard, Pierre Bergé et sa fondation Yves Saint Laurent entrent en conflit avec le gouvernement chinois à cause de la vente de deux sculptures volées lors du sac du palais d'Été : une tête de rat et une tête de lapin estimées à plus de trente millions d'euros.

Notre pays a oublié l'expédition franco-anglaise de 1860, alors que le traumatisme est à jamais gravé dans la mémoire de la Chine. Aucun de nos livres d'histoire ne parle de cette terrible guerre de l'opium que nous avons menée en territoire ennemi avec les Anglais, ne laissant derrière nous que désolation et chaos.

1.

Je suis un tricheur, un meurtrier, une pourriture. J'ai menti, bluffé, contourné les lois, trahi les femmes, mes amis et toutes les personnes qui ont croisé ma route. J'ai braqué des musées et des particuliers, abusé d'innocents malades, tué des hommes dont je ne connaissais même pas le nom.

Faut que je vous raconte comment j'en suis arrivé là. Le début de l'histoire.

Je suis dans un appartement de Seine-Saint-Denis, au nord de Paris, une espèce de taudis loué pour ma came préférée : cinquante-deux cartes accrochées à une table comme des portraits chinois. Il est 4 heures du matin et la partie de poker est engagée depuis le crépuscule. Il fait trente degrés dans la pièce et j'ai l'impression d'avoir froid, les gouttes de sueur se fixent sur mes yeux sans que j'aie le temps de les essuyer. L'attente est insoutenable ; je ne bois rien depuis des heures, la gorge sèche, je reprends ma respiration, scrutant les tics de mes adversaires.

Rien à foutre des combinaisons et des as, des paires de rois et des brelans. Non, le seul truc qui compte vraiment, ce sont les petits signes de la main, les grattements d'épaule et les reniflements, la transpiration, le gonflement des veines : le corps ne ment pas, jamais.

C'est ça le poker, une lecture des signes affichés sur nos gueules, un étalonnage, un calibrage des tics et des tocs. Le poker n'a rien à voir avec la chance, la veine, la baraka, la fortune, cette mystique que les plus caves aiment célébrer comme un dieu. Pas de *grinta* ou de miracle.

Le poker est une science, ça tient de l'étude du comportement, de la psychologie ; je connais des types qui ont enfilé les victoires sans jamais regarder leurs cartes. Stu Ungar par exemple, un petit gosse de New York, le jour de la finale du championnat du monde en 97, pendant les treize premières parties, il n'a pas une seule fois regardé son jeu.

Faut imaginer deux secondes.

Le mec s'est juste concentré sur ceux en face de lui. Un expert. Un putain de joueur, ce Stu Ungar, le meilleur d'entre tous ! Il a gagné la finale haut la main, pas longtemps avant de terminer accro, les narines ravagées par la coke.

Je suis dans la banlieue parisienne à l'intérieur d'une salle de flambe, sans aucune affiche aux murs, ni aucune fioriture ; je calcule les coups à venir, la fatigue joue à plein. Je suis dans une cage au huitième étage d'un immeuble de RMistes, sans même un regard pour le Stade de France et ses dizaines de milliers de supporters qui hurlent chaque semaine comme des crétins.

J'ai les yeux fixés sur mes adversaires, trois flouteurs assis avec moi depuis la veille : Lakhdar Brahimi, à peine trente ans, un paquet de nerfs que j'ai rencontré au bar des Marronniers place Maillot il y a plus d'une semaine, les yeux verts, des mains de charpentier. Abdel Boukari : un peu plus vieux, belle veste et chemise blanche, sourire agréable et mains de pianiste. C'est lui qui m'a demandé de venir, c'est mon pigeon préféré, le maso idéal. Je l'ai déjà plumé trois ou quatre fois, mais il en redemande. À croire que gagner du fric est la dernière de ses préoccupations… Je lui fais confiance parce qu'il tourne dans le même cercle de joueurs depuis des mois, avec Julio et Lamouchi, les parrains de cette espèce d'association de tripoteurs clandestins. On cartonne ensemble pour arrondir les fins de mois, on aime les pigeons, on embaume les nouveaux venus.

Pas mal de dealers viennent frimer à nos tables, jouer les cadors. Des petits vendeurs qui se sentent coupables de brader la dope aux adolescents. Vous n'imaginez pas comme je les adore ! Je les renifle à quinze mètres. Ces enculés s'en veulent tellement d'être des pourris qu'ils aiment perdre des fortunes. Je vous jure ! Au fond d'eux-mêmes, ces gars-là se détestent. Vendre de la coke à des gamins de quinze ans et se faire plus de 10 000 euros par mois ? Il y a comme un malaise. On dirait qu'ils ne supportent pas d'artiller le pognon avec les saloperies qu'ils vendent sur le marché. Alors ils viennent perdre leurs bénéfices à la table de poker. C'est plus fort qu'eux ! Comme une maladie contre laquelle on ne lutte pas.

Quel bonheur de les voir se flageller plusieurs fois par mois en perdant des milliers d'euros autour d'une bonne partie de cartes !

Je connais un « commerçant » qui carbure à plus de 20 000 euros par mois en fourguant de la blanche à la sortie des lycées. Je vous le donne en mille ! Il ne peut tellement pas se blairer, incapable de se regarder dans la glace sans vomir tout le fric qui déborde de ses poches, que le type reperd son blé avec nous dans les deux jours. Tout le monde se bat pour jouer avec lui, une vraie cohue !

C'est pour ça qu'avant de s'asseoir à une table, c'est important de tailler le bout de gras avec son adversaire, de sentir ses failles, jusqu'à ses minuscules névroses, de connaître son vertige.

Mais quittons la théorie et revenons au théâtre des opérations.

Je vous ai gardé le meilleur pour la fin. Le troisième larron, un Gaulois d'une trentaine d'années, brun et l'air vicieux. Christophe Lepage : lèvres pincées et gestes vifs, des yeux fixés par la coke, qui vous donne envie de lui fracasser le crâne avec la première bouteille de whisky à portée de main. J'ai immédiatement repéré le pervers.

Au début de la soirée, il fermait sa gueule sans sourire, allant visiter les chiottes toutes les demi-heures. Maintenant que la poudre blanche lui est montée au cerveau, il n'arrête pas de brailler comme un âne. Un bavard de première ! Et vas-y que je te parle de ma dernière soirée avec deux pouffiasses dans une disco du centre-ville, et vas-y que je te monte des bobards sur mes potes en cellule, experts en braquo.

Quel minable !

On vient de commencer la centième donne de la soirée et, plutôt que de continuer à scruter les gestes de ce taré, je préfère jeter un coup d'œil sur mes cartes. Là, j'avoue, un coup de bol rarissime : une paire de valets. Ce sont les deux seules cartes de mon jeu et je peux donc attendre la suite avec gourmandise.

Sur la table en face de nous, 9 000 euros en billets de cinquante et de cent. Imaginez les crocs et la salive qui nous monte aux mâchoires, quatre loups postés devant une victime ensanglantée au milieu d'une clairière. Les grognements ne vont pas tarder à venir.

Brahimi pose ses coupures : encore 4 000 euros sur la table. Je recule sur ma chaise et fais tourner mes neurones : les parties ne se passent normalement pas comme ça. Généralement, ça monte en douceur, lentement, avec une patience illimitée.

Et puis je connais bien le phénomène, à chaque fois que Brahimi lance un soupir avant d'envoyer son fric, c'est du bluff. Un truc que j'ai remarqué chez lui. Alors je ne comprends pas vraiment pourquoi il fait ça. Soit il est devenu suicidaire, soit il cache un piège que je n'ai pas encore repéré.

Je ne dis plus rien, j'observe, je guette, je ne fais même plus l'effort de sourire ou de paraître gentil, mon putain de cerveau est en train de partir en vrille.

J'ai envie de voir son jeu, de le suivre, le pousser à bout. Je mate maintenant les deux autres clients et je m'interroge : pourquoi Lepage a-t-il les mains fermées devant lui ? Pourquoi sa carotide bondit-elle à ce rythme effréné ? J'ai toujours tendance à suivre les mecs dont la carotide s'active. C'est le signe de la peur. De mauvaises cartes. J'en suis persuadé. Et puis Boukari est figé sur sa chaise comme une statue de sel, avec des yeux qui basculent en permanence du côté droit. Ça vous paraît peut-être anodin, et pourtant le mouvement des yeux est primordial dans une partie. Voilà pourquoi les types portent des lunettes de soleil et s'amusent à brouiller les pistes.

Avant de vous asseoir à une table, vous devez absolument connaître la fonction des deux hémisphères du cerveau. Le droit pour l'imagination et le gauche pour la raison. Le bluffeur amateur tourne presque toujours les yeux vers la droite avant de relancer. Il va mentir et se met à imaginer la suite avec un empressement un peu facile. Alors que le mec qui a un bon jeu tourne souvent ses yeux vers la gauche. Il est dans le réel. Il ne chique pas, ne veut tromper personne.

Je vois Brahimi qui tourne les yeux vers la gauche et qui soupire avant de relancer… C'est pas logique !

Mais je n'ai pas le temps de m'attarder, c'est maintenant Lepage qui relance de 8 000 euros avec une arrogance de cocaïnomane. Un vrai délire ! Encore une fois je recule contre le dossier de ma chaise, tout cela me paraît tellement bizarre. Il y a maintenant plus de 21 000 euros contre la table et c'est à mon tour de parler.

Je me laisse faire par mes deux valets qui me supplient de relancer aussi. Je call pour 8 000 euros, une folie que je regrette aussitôt le fric posé au milieu de la table ! Je fais la connerie habituelle des guignols, je regarde mon jeu. Exactement le contraire de ce que je viens de vous expliquer quelques lignes plus haut. Brahimi suit pour 4 000 de plus.

Il y a maintenant 33 000 euros devant nos gueules d'assoiffés. Il reste cinq cartes à tirer dans le tas pour nous départager si nous allons jusqu'à la River.

Je vois Lepage approcher sa main droite du haut de la pile, retourner lentement les trois premières du flop.

Voilà un as de trèfle.

Un neuf de carreau.

Un valet de pique.

Un valet de pique !

J'ai un brelan, une bombe dans le jargon des margouilleurs.

Je bascule dans le fantasme. Au lieu de me concentrer sur mes adversaires, je me concentre sur mon jeu. La grande erreur, je vous dis ! Je prends mes désirs pour des réalités. J'ai un brelan de valets, un brelan de valets, les alarmes du bonheur sonnent en continu dans mes oreilles pourries par la nuit blanche.

J'entends soudain comme un murmure dans la pièce. Je vois Brahimi relancer encore une fois.

Huit mille euros de plus.

Paupières mi-closes, sourire à peine perceptible, je scrute les mouvements de ses mains, non, il ne tremble pas. Je regarde encore une fois ses deux copains, qu'on croirait figés dans du béton. C'est pas possible ! À ce rythme-là, les deux mecs vont se péter les muscles à force de les bander.

C'est à moi de parler.

Je suis dans le brouillard. Qu'est-ce que je dois faire ? Les suivre ? Lâcher prise et perdre plus de 10 000 euros avec un brelan de valets ? Me coucher et rentrer la queue basse à la maison ?

Les billets me brûlent les doigts : je vois plus de 30 000 euros devant mes yeux rouges de fatigue.

Je décide alors de tout mettre sur la table : un coup de semi-bluff. Banco. Je ne sais pas pourquoi je fais ça. Peut-être parce que je suis certain que Brahimi est en train de mentir. Il ne reste que deux cartes à sortir du tas. Brahimi n'a que seize pour cent de chances de me niquer. Seize pour cent de chances de toucher un dix et me faire une quinte ventrale.

Je crois au comportement et aux statistiques.

Je tente de cacher mes derniers signes de nervosité mais n'y arrive pas. Quelques grimaces bien senties comme un écran de fumée. Même un gamin de six ans verrait que je suis en train de flipper.

Et puis Abdel se lève pour se servir un verre de whisky et je ne peux pas m'empêcher de jeter un œil à ce connard. Je perds quelques secondes la table de vue.

Encore une erreur !

Lepage approche sa main du dernier tas pour sortir les deux dernières cartes du flop.

J'aurais pu jouer la prudence et faire confiance à mon instinct.

La logique des gestes et des comportements.

Mais non, je me mets à prier comme les petites vieilles dans les églises, S'il vous plaît, s'il vous plaît, donnez-moi un autre valet pour que je puisse ramasser tout le fric.

Abdel sort les dernières cartes.

Le dénouement approche, plus possible de reculer ou de tergiverser.

Un six de cœur… et… et… et… un dix de pique !

Un putain de six de cœur et un dix de pique !

Je suis à la limite de m'étrangler. C'est pas possible. Je suis en train de rêver, de faire un cauchemar. Le six de cœur ne peut pas sortir maintenant ! Je n'arrive même plus à avaler ma salive tellement j'ai l'impression de chuter d'un immeuble en flammes. Je sens mes yeux qui tournent et mes veines qui vont exploser de rage.

Par désespoir, je jette un dernier coup d'œil aux tronches de mes ennemis, les petites brillances dans les pupilles, les sourires en coin, les mains qui se caressent de bonheur.

Ces types sont en train de me la faire à l'envers. Presque aucune chance pour qu'un six de cœur sorte dans cette mise. Il y en a déjà un sur la table et j'en ai jeté un juste avant dans la poubelle.

Il devait y avoir un valet ou un roi ou un huit ! Mais pas un six de cœur. Non. Tout sauf un six de cœur.

Mais le plus drôle reste à venir. Voilà Brahimi qui me pose une suite sur la table : six, sept, huit, neuf, dix !

Quel miracle ! Quelle prouesse ! Le Père Noël existe et Brahimi vient de le rencontrer. Miséricorde et joie, la belle affaire !

À ce moment-là, j'ai juste envie de faire un carnage. J'ai les yeux qui sortent des orbites et une tonne de colère qui s'abat sur moi sans prévenir. Je navigue en pleine tempête, avec les murs qui tremblent et la furieuse impression d'être pris pour un con.

Impossible de croire à ça.

J'ai une compréhension des gestes à toute épreuve, et je sais que quelque chose cloche dans cette pièce, dans ces cartes, ces attitudes, ces gestes et ces sourires.

Une idée me vient alors. Pas une idée en fait, un réflexe : vérifier que les types ne sont pas en train de m'enculer, parce que j'ai comme l'impression qu'ils se sont mis d'accord pour me plumer.

Qu'ils ont planqué des cartes en douce. À la subtile.

J'ai pas envie d'être un de ces pigeons avec qui j'adore jouer la semaine. Hors de question que je marche dans la combine ! Je veux juste compter le nombre de cartes. Il y a trop de choses qui m'incitent à croire au complot. Une parano latente. Pas seulement les pourcentages de chances, non, mais les reniflements de Brahimi avant de pousser le fric sur la table.

Et c'est là que tout bascule.

Ma plus belle connerie.

Un coup de colère.

J'ai toujours un vieux couteau dans ma poche. Un vieux poignard que j'avais récupéré à l'armée. Un truc à faire peur. Sans réfléchir, je sors l'arme comme au bon vieux temps de la légion.

Fini de rire. Les yeux des trois mecs s'ouvrent en grand, leur respiration s'accélère, les nuques deviennent rigides comme la pierre.

Abdel sursaute en mettant la main devant son visage :

– Qu'est-ce que tu fous, putain ?

Je tente de rester calme mais je n'y arrive qu'à moitié :

– Écoute-moi, enculé, on va faire un truc simple. Je recompte les putains de cartes. OK ? Je vérifie juste que vous me prenez pas pour un con.

Silence des trois guignols.

Ils ont les yeux fixés sur mon schlass. Comme des souris hypnotisées par les yeux du serpent. J'attends quelques secondes et je commence à faire les additions. Pas la peine de perdre du temps et de palabrer dix plombes : j'ai cinq cartes dans la main, multipliées par quatre, ça fait vingt cartes dans les mains des joueurs. Ensuite, il y a le pot. Cinq cartes alignées sur la table, nous en sommes à vingt-cinq. Le jeu en comporte cinquante-deux. Il doit donc en rester vingt-sept dans le paquet.

Je commence à compter à haute voix devant ces messieurs :

– Un, deux, trois, quatre…

Les trois joueurs se regardent en biais. Encore une fois, Abdel intervient :

– Arrête de jouer au con, Tom…. Pose ce truc.

– Ferme ta gueule ! Je compte juste les putains de cartes. Si j'en trouve vingt-sept, je laisse tomber.

Abdel est moyennement satisfait. Les deux autres préfèrent se taire.

– Huit… Neuf… Dix…

Avant que le compte ne s'arrête à… Vingt-neuf donc.

Comment ça vingt-neuf ?

J'en étais sûr, y a embrouille. Une putain d'embrouille ! Deux cartes de trop.

Je sens que le moment de vérité va aussi leur éclater à la gueule. Que les explications ne vont pas être faciles. J'ai un schlass. Ils sont trois.

J'ai fait l'armée, eux l'école de la rue.

Maintenant on va bien voir qui a un peu d'orgueil.

Je lève le cigare vers les trois escrocs. Je sens bien qu'ils étaient tous dans la combine. Les regards se croisent et c'est sûr qu'ils vont tenter une esquive. M'inventer des craques. La féerie des arnaqueurs. Je connais la musique. Je veux comprendre les causes et les conséquences, reprendre ma mise et finir l'histoire.

Clôturer la boutique et me barrer. Je tente de rester poli :

– C'est bizarre, les gars… Il y a vingt-neuf cartes…

Abdel regarde Brahimi. Les deux hommes se tournent vers Lepage. Le dernier à avoir distribué le jeu. Le camé commence à jacter avec assurance en s'avançant vers moi :

– Qu'est-ce que tu nous emmerdes ! Pose ce schlass ! Tu crois que je vais te laisser arracher la thune ?

La coke lui a grillé tous les neurones. Il est hors de question que je me barre avec le fric. Moi, ce que je veux, c'est juste un peu de respect.

Brahimi, pétrifié, recule sur sa chaise. Abdel ne bouge pas d'un pouce, collé au mur comme à un poteau d'exécution. Lepage serre les dents à se faire péter la mâchoire et hurle comme un dingue, faisant voler la table d'un revers de la main. Le mec pète littéralement les plombs : les cartes giclent de tous les côtés, les dizaines de milliers d'euros comme un geyser, il se met à m'insulter :

– Enculé ! T'es qu'un fils de pute ! qu'il dit en s'avançant vers moi.

Je n'ai pas le temps de répondre. Trop tard. J'ai les muscles qui se figent, comme un réflexe de défense. Un truc venu du cerveau reptilien. Un coup en avant, pour me protéger, et la lame lui traverse le cou et fait gicler le sang de la carotide.

Le rouge sur les murs, de tous les côtés de la pièce.

Lepage continue de marcher vers moi, comme un pantin, m'en colle une sur le front. Nouveau réflexe de défense, la lame entre et sort de son cou. J'ai pas respiré depuis dix secondes et je sens déjà que ma vie est foutue.

Brahimi et Abdel ont les yeux fixés sur nous. Du sang partout sur les fringues. Le corps de Lepage s'écroule sur moi et je sens son regard partir. Je reste debout, plié contre le mur, avec la lame dans la main droite et le corps du connard à mes pieds.

Je ne sais plus quoi faire. Tout s'est passé si vite. Je vois les convulsions de Lepage, les yeux grands ouverts des deux acolytes.

Et moi avec ma lame.

Je respire à profusion, en manque d'oxygène, le visage tordu par la surprise, les mains qui tremblent et une furieuse envie de gerber.

Je me baisse rapidement sur Lepage, avec des gestes automatiques, des gestes de survie. Je tente de le réanimer. Il gigote, des spasmes, des bouts de nerfs qui lâchent, un peu comme les bovins dans les abattoirs.

Je le vois se vider de son sang et le seul truc que je trouve à faire, c'est du bouche-à-bouche. Un putain de bouche-à-bouche !

Mais la lame a tapé la carotide et n'importe quel médecin sait que même un garrot ne servirait à rien. J'ai merdé dans les grandes largeurs !

Je viens de buter un mec.

Impossible de revenir en arrière.

Je fixe les deux autres joueurs.

Abdel et Brahimi n'osent plus rien dire.

J'ai un dernier réflexe et ramasse les billets par poignées en cherchant un sac partout dans la pièce. Toujours avec un œil qui traîne sur les deux survivants. Je recommence à trembler comme une bête. Je fouille la chambre et embarque un sac plastique pour fourrer les coupures à l'intérieur. Quarante mille euros rouges de connerie.

Je sais qu'il me reste six heures maximum pour quitter le pays. C'est ma seule chance de ne pas terminer mes jours en cabane.

Rentrer chez moi. Prendre mon passeport et me casser d'ici. Tout recommencer en Afrique ou en Amérique du Sud. Me planquer dans une campagne déserte.

Mon rythme cardiaque finit par se calmer. L'adrénaline a chassé la peur et je me sens déjà mieux.

Faut pas traîner.

Surtout rien dire.

Sortir de la pièce et quitter cette putain de ville.

2.

Je monte sur mon scooter TMAX en bas de l'immeuble et me retrouve bientôt à foncer à 160 kilomètres à l'heure sur le périphérique entre les camions de livraison et les voitures. Je ne pense à rien. Je fais le vide. La vitesse dégage en moi tous les restes de scrupules. Je suis concentré sur la route et la fraîcheur du matin me fait du bien. Le ciel rouge de l'aube pointe à l'horizon, je bifurque à la sortie Clichy. Je me rappelle les combinaisons pour sortir de la merde en Afghanistan ; là, c'est la même chose, je suis seul au milieu d'un village taliban et je dois m'élargir illico. Me concentrer sur les moindres détails et prendre l'air à pleins poumons. Oxygéner le cerveau pour qu'il puisse prendre les bonnes décisions. Ne pas regarder en arrière, l'attention fixée sur le présent, au ras du sol et de la réalité. Voir le monde chaque seconde, avancer et tenir la barre sans frémir.

Je ralentis devant les pavillons de banlieue, jetant des coups d'œil à mon rétroviseur pour vérifier que je ne suis pas suivi.

Voilà mon immeuble. Je coupe le moteur devant le hall numéro 7. Pas besoin de faire le code, je monte les escaliers à toute vitesse. Un, deux, trois, quatre, cinquième étage. Le couloir désert. Les tags accrochés au mur. L'odeur de pisse.

Il est 6 h 37 du matin. Les nerfs n'ont pas lâché, il faut que je tienne jusqu'à la frontière. Ne pas faire d'erreur stupide. Jeter mon téléphone et ne plus voir les proches.

J'ouvre la porte de mon appartement. Je visualise le salon à peine éclairé par le soleil, la fenêtre sans volets, les rideaux ouverts. Tout est parfaitement rangé. Personne ne m'attend. C'est déjà ça.

Prendre mon passeport et me tirer d'ici au plus vite. Je me regarde dans la glace du salon et aperçois les traces de sang sur ma chemise. Merde ! J'ai même du rouge sur le visage. Des petits morceaux de Lepage. Je me désape et rentre dans la douche en foutant mes fringues par terre. L'eau chaude sur ma peau me fait l'effet d'une coulée acide. Le moindre moment de calme me fait littéralement péter les plombs. Je me savonne en vitesse et ressors pour échapper à cet enfer liquide.

Je suis dans le salon. La lumière du jour illumine doucement la pièce. Le mieux serait de descendre en Espagne pour rejoindre le Maroc. Puis direction la Mauritanie et le cœur de l'Afrique. Ou alors l'Amérique du Sud. Mais j'ai pas envie de prendre l'avion et de me faire repérer par la flicaille.

J'avise le sac plastique avec les 40 000 euros à l'intérieur. La plupart des billets sont ensanglantés. Je fonce à la cuisine pour les frotter avec une éponge, mais inutile d'insister, j'en jette presque la moitié à la poubelle.

Il est 6 h 48 : combien de temps avant que les flics ne soient au courant du meurtre ?

La peur me reprend aux tripes. Je tente de me calmer en avalant une rasade de whisky. Je jette un dernier coup d'œil à mon appartement. Pas la peine d'effacer les traces, les flics auront tout le matos pour me piéger. Les techniques scientifiques ne laissent plus rien au hasard, sans parler des témoins et des bavards.

Ma seule chance est de me faire oublier. Changer de vie. Je retrouve même un peu le sourire en pensant aux superbes femmes qui m'attendent dans le désert. Pas de morale, pas de scrupule, pas de nostalgie. Je m'adapte comme un animal en fuite, la forêt est en flammes et il faut se tirer.

Je me regarde une dernière fois dans la glace : mes yeux sont injectés de sang et fatigués, les traits de mon visage tirés et les cernes noirs.

Je sors de l'appart et entends à travers les portes dans la cage d'escalier les premières radios qui s'allument, mais j'ai de la chance et descends les étages sans croiser personne.

La rue est encore vide. Je remonte sur mon scooter, insère la clé de contact, vais pour enfiler mon casque quand j'entends soudain derrière moi des bruits de pas, puis un hurlement :

– POLICE !

Je sens un bras me saisir par le cou et je tombe sur le sol. Mon casque roule. Deux autres mains m'immobilisent avec des menottes.

C'est pas possible, comment les condés ont-ils fait pour venir si vite ?

Je suis tellement surpris que je ne résiste pas aux deux civils qui me hurlent aux oreilles :

– BOUGE PAS !

Je n'arrive même pas à me débattre. Les deux types m'embarquent direct dans une bagnole garée juste derrière mon scooter. Je prends une dernière inspiration avant de m'asseoir à l'arrière.

La nuit se termine dans un bruit de sirènes, avec des vagues de douleur dans la tronche. Fini la liberté, adieu l'Afrique. Plus rien d'autre que la prison pour les quinze prochaines années.

3.

Je suis dans une salle d'interrogatoire de quinze mètres carrés. Entre des murs jaunes placardés d'affiches de séries télé. Je sens l'odeur de transpiration des deux flics. Je mate la chaise en plastique et la table Ikea. Les deux minables tournent autour de moi comme des hyènes, me jettent à la gueule des rires d'animaux sauvages. Un bombardement d'insultes. Des phrases ironiques qui tapent pour me faire réagir. Je serre les mâchoires à me faire sauter les dents. Je ne parlerai pas. Il me reste peut-être une chance de m'en sortir. Je vais commencer par tout nier en bloc, on sait jamais ce que les autres ont en main. Je chasse les images de la nuit et de la partie de poker pour me concentrer sur les questions des guignols :

– Tu voulais partir où comme ça ? T'as quelque chose à te reprocher ?

Je me redresse sur la chaise et avise les deux schmitts : Guy Bastier, la quarantaine à lunettes, le visage dur, c'est lui qui fait jouer les cordes vocales ; et Mimi Tassin en survêtement Tachini, qui me frappe avec des petites claques sur le front. Je tente juste de réfléchir : comment ces fils de pute ont pu arriver si vite au bas de mon immeuble ?

– Il va falloir que tu nous expliques ! me dégueule le plus petit.

Le mec me prend à la gorge ; me fait remonter le sang à la tête.

– Tu vas nous dire pourquoi t'as fait ça ?

Je tente encore une fois de résister, de reprendre mon souffle. Mais les coups repartent de plus belle. Même pas mal. Une petite claque de Bastier sur mon crâne. Une petite baffe sur la tempe et les joues. C'est pas avec ça que je risque de parler. C'est juste la peur qui me secoue et me monte à la tête. Le danger est en moi :

– Quinze années au mitard si tu gardes le silence. Dix années de prison si tu nous dis la vérité. On sait que c'est toi qui as buté Lepage. Tu t'es énervé au mauvais moment, mon gars, on était dans un soum en train de vous écouter…

Le monde s'écroule d'un coup. KO intérieur. Le nom de Lepage me fait perdre mes défenses.

J'ai les bras qui tombent et la nuque en perpendiculaire. Les yeux fermés. Les sons autour de moi deviennent comme des échos. Envie de tout lâcher. Les sphincters. Je fais semblant de ne me souvenir de rien, la mémoire vide. Mais au fond je sais que je n'ai plus aucune chance de m'en sortir.

– C'est ce qui s'appelle la scoumoune, me dit le plus grand. T'as pas de bol, c'est tout !

Le vertige me prend encore une fois à la gorge. J'ai une putain de nausée et la défaite accrochée sur la gueule. Je vois les années de taule, la solitude, l'enfermement dans une cellule de neuf mètres carrés, avec tous les jobards, les allumés qui vont peupler mes journées pendant quinze ans. Je lance mes dernières forces :

– Je ne sais pas de quoi vous parlez.

Les deux condés éclatent de rire :

– On va te rafraîchir la mémoire. T'inquiète !

Bastier plie les genoux pour se mettre à niveau :

– T'as amassé du blé toute la nuit et les rigolos en face de toi se mettent à truquer. Tu pètes les plombs, tu sors ton schlass et tu paniques.

Je sursaute sur ma chaise mais Bastier continue :

– Tu exploses la carafe du plus con… Christophe Lepage, accro de la naphtaline, un magouilleur de première. C'est pas nous qu'allons pleurer !

Bastier se retourne vers son collègue, content de lui :

– Il a débarrassé la planète, hein, Tassin ? Il nous a rendu service.

Le deuxième képi opine du chef :

– On le collait au cul depuis trois semaines pour une affaire de poudre. Il risquait à peine quelques mois de prison si on l'avait arrêté. Et toi tu lui colles perpète. T'es meilleur que le meilleur des juges !

– Moi je dis bravo ! me sort le plus petit avec un sourire.

C'est ça la combine : les mecs étaient en train de surveiller Lepage pour une histoire de came ! C'est comme ça, en posant des micros par hasard dans la pièce, qu'ils m'ont pris en flag d'homicide.

C'était ma dernière partie, les cartes sont à présent bien visibles sur la table. J'ai à peine un brelan, les deux matons un carré. Je suis battu. Faut que je me couche. C'est comme si j'avais parié ma vie et que j'avais perdu.

La fatigue me lance des petites pointes dans le cerveau. Des coups de migraine. Pas dormi depuis vingt heures et pourtant les idées avancent à une vitesse folle, comme une série de décharges électriques. Je me rassure au goulot, me dis qu'en cabane je vais reprendre les études, que ma vie n'est pas encore finie. Je mouline à inventer des portes de sortie.

Les deux lampions s'amusent encore quelques heures à me faire gigoter sur ma chaise. Je leur balance la vérité dans un murmure :

– J'ai pas voulu le piquer. C'est lui qui m'a sauté à la gorge.

– Ouais, ouais… De toute façon on te comprend, ce type était une vraie épave, je te le répète, t'as bien fait de débarrasser la place !

– Non, non, je regrette…

Je cherche l'assentiment des deux corbeaux qui m'écoutent gentiment en me resservant un café. Ils s'adoucissent, deviennent presque copains, me répètent en boucle que j'ai bien fait de clouer Lepage, que c'est con qu'un mec comme moi prenne les attributs du crime.

Je passe les deux jours suivants dans une cave en solitaire. Personne à qui parler, à qui me plaindre. Je me dis que c'est le destin, qu'il faut que j'accepte la vie en face. La colère est éteinte et c'est comme si je retournais à l'armée. Obéir aux ordres. Une caserne un peu plus crasse. Je reste avachi sur mon pieu et ferme les yeux plus de quinze heures d'affilée. J'attends la suite, une dépression noire, sans aucun visage pour me parasiter l'esprit. Je me concentre sur le vide. Le néant. La nuit minuscule.

4.

Quelques jours plus tard je suis expédié au palais de justice, menotté, encadré de deux matons, rapidement assis devant un bureau avec des dossiers entassés sur la table, le sol, les étagères. La juge d'instruction me reluque avec son air méprisant. Je suis tellement effaré que j'ai l'impression d'être sous calmant, avec un bout de cerveau en moins. J'écoute les litanies de la vieille sans répondre. L'abatteuse de pègre me dévisage avec ses lunettes rondes et ses lèvres pincées : « Nous avons retrouvé dans votre appartement 38 674 euros, ainsi qu'une chemise avec du sang. Elle est en cours d'expertise mais nous pensons qu'elle vous appartient. »

Je reste calme, lui explique au bout de quelques minutes que tout est de ma faute. Sans rien cacher de ce qui s'est passé :

– Je ne voulais pas buter ce con, c'est lui qui a merdé.

La juge continue son speech en douceur :

– D'après les premières constatations, vous l'avez tué parce qu'il avait triché…

Je tombe de haut. Tente de lui expliquer la vérité :

– Non, c'est lui qui s'est jeté sur moi, mon schlass, c'était pour me défendre.

– Vous n'avez pas supporté de le voir tricher ?

– Non… enfin si ! Mais je voulais juste lui faire peur, pas le tuer.

– Il s'agit donc d'une vengeance…

– Je vous dis que non !

– Ce sera au tribunal d'en décider.

– Mais vous avez les enregistrements des flics, je balance pour me sauver. Les mecs m'ont dit qu'ils avaient tapissé la salle de micros.

– Quels micros ? Quels flics ? De quoi est-ce que vous parlez ? me rétorque la juge, dans le brouillard le plus total.

J'ai compris, les deux lascars ont fait des écoutes illégales et pas question de les verser au dossier. La juge n'est pas au courant de la magouille des flics.

Dix minutes plus tard, je suis envoyé en lieu de transit. Je risque vingt ans de taule. La bagnole des flicards m'emmène illico presto à Fresnes avec tout l'attirail, les sirènes hurlantes, les deux-tons. Je vire au dépôt et, après la fouille et les empreintes, j'entends le brouhaha des détenus dans les couloirs. Une musique en métal, assourdie par les murs en béton. Plus aucune mollesse ici, le règne minéral, un désert peuplé de fantômes. On me jette dans une cellule au deuxième étage. Je tourne en rond pendant deux heures, à perdre haleine, à perdre la mémoire, à perdre les émotions et la notion du temps. Je n'ai pas de montre, ni de téléphone, ni de réveil. Puis on me sort dans la cour pour faire les cent pas, je découvre pour la première fois l'univers. Des âmes errantes qui tournent par grappes dans le malheur. L'emploi du temps est fixé à l'avance : des balades deux fois par jour, les repas à heure fixe. Je me tais. J'observe. Je me reconstruis. Les seuls échanges avec les étrangers sont toujours les mêmes :

– T'as pas une clope ?

– Non…

– Vas-y, file-moi une clope…

– J'ai pas de clope…

– Fais pas l'enculé, file-moi une clope…

– Non…

Et ça recommence en boucle avec la plupart des débiles :

– T'as pas de médoc ?

– Non…

– Vas-y, file-moi un médoc…

On dirait des milliers de mendiants enfermés dans un hôpital psychiatrique, avec l'odeur des mecs entassés dans les cellules qui cherchent à carotter leurs voisins. Les groupes se forment en fonction du quartier, de la religion, du pays. Les Arabes de Montrouge. Les Arabes de Clichy. Les Blackos de Vitry. Les copains d'enfance. Les barbus et les Gitans. Les Polaks et les Russkofs.

Moi je ne connais personne ici, j'ai toujours été un solitaire et ça va me coûter un paquet d'emmerdes. Je fais le tour de la cour le plus vite possible ; les mille trois cents pas en trombe, pendant des heures et des heures, à me faire des ampoules, histoire de rentrer complètement claqué dans la cellule.

J'évite de penser à l'avenir pour ne pas déprimer encore plus. Le truc, c'est de ne pas laisser son cerveau en paix plus de deux minutes. Donc je m'active en permanence, je fais des pompes, j'apprends par cœur des pages entières de romans de gare.

La nuit, j'entends les cris des autres prisonniers, les hurlements à travers la fenêtre. Et puis la scène du meurtre de Lepage me brise le caisson. Envie de me brûler la cervelle, pas parce que je regrette de l'avoir buté, non, juste parce que je me suis fait prendre.

Je réalise peu à peu que je vais rester dans un tas de pierre au milieu d'une tripotée d'Arabes qui ne rêvent que de planter un légionnaire, un ancien d'Afghanistan. Les hourras pour Daech vacillent entre les murs. Les chants à la gloire de Ben Laden et Mohamed Merah. Quelques-uns se mettent à raconter des anecdotes. S'inventent des légendes pour emmerder les matons :

« J'étais à l'école avec Merah… » ; « J'ai fait des casses avec les Kouachi… » ; « Je suis allé en Syrie mais le répète à personne… »

Ça les amuse de faire gonfler leur vie de merde et personne n'y prête vraiment attention. Mais si jamais il devait y avoir une manif ici, dans la prison, ça serait pour féliciter les terroristes. Une grande manif à la gloire des islamistes !

Pas de caricature de Mahomet au pays de paumés.

Les nouveaux convertis par exemple, les petits Blancs excités par l'odeur du sang, ces caméléons de banlieue, trous du cul fébriles et minables en djellaba, sont évidemment les plus gueulards. Ils t'expliquent en détail la vie du prophète et les règles à suivre pour aller au paradis…

Et le plus dingue, c'est que les bagarres qui éclatent entre deux camps opposent les adorateurs du complot et les fanatiques des héros barbus.

Il y a ceux qui gueulent :

« Les attentats, c'est comme le 11-Septembre, c'est un coup des services secrets, le Mossad, la CIA ! C'est pour salir les musulmans. C'est l'Occident qui nous manipule. »

Et de l'autre côté, ceux qui ne lisent pas une ligne du Coran chantent :

« Vive Ben Laden ! Vive Mohamed Merah ! Vive l'État islamique ! »

Mais très vite la vie redevient terne et normale. L'hystérie les quitte comme une bonne grippe de printemps.

J'ai combattu six mois dans les montagnes à dénicher les barbus dans les grottes, les villages. Si jamais les Mohamed apprennent ça en voyant mes tatouages du 2e REP, je suis mort. Mon instinct de survie revient me claquer aux oreilles. Je ne leur ferai pas ce plaisir.

J'entends les hurlements, les Allahou Akbar et les sirènes des muezzins qui viennent résonner dans la cour. Je me tiens aux aguets. Chaque pékin dans sa cellule peut sentir la tension monter en flèche. Je tourne dans la cour comme un enragé. Tous ces types qui endoctrinent les jeunes des cités, leur bouffent le crâne avec leurs conneries, ça me fait peur.

Mon avocat commis d'office tente de déconner :

– Vous pouvez vous convertir à l'islam. C'est l'endroit idéal…

– Pas con, je lui réponds en regardant mes pieds.

Un matin d'angoisse extrême, je me mets à brûler mes tatouages à la javel. Mon baveux a peut-être raison…

Personne ne sait comment tout cela va finir.

Et puis je retombe en dépression, me sens coupable d'avoir abandonné mes frères d'armes. À l'infirmerie je demande à bouffer des cachets, fixant les murs de ma cellule sans bouger, catatonique.

Et puis parfois je suis sur le point de marcher dans la cour en me vantant d'avoir dessoudé des bougnouls. Offrir mon corps en sacrifice. Mourir en martyr pour la France.

En finir une bonne fois pour toutes. Je perds la boule petit à petit. Je compte les années qui me séparent de ma libération. Les jours qui me séparent du procès. Puis les heures du prochain repas. Le monde se rétrécit dans ma tête jusqu'à devenir un minuscule écran de télévision.

Je marche dans les champs d'opium de la Kapisa, au milieu des villages et du ciel sans oxygène. L'Afghanistan et ses immenses champs de pavots, bulbes noirs accrochés aux montagnes.

Je faisais partie à l'époque des soldats occidentaux envoyés là-bas pour planter les drapeaux de la démocratie.

On avait l'ordre de traquer les talibans et de former les soldats afghans, des villageois abrutis par vingt-cinq ans de guerre civile.

La défaite annoncée...

On traînait toute la journée dans les marchés aux épices et sur la route de la soie, regardant l'opium pousser sous nos semelles, tout ça pour enrichir les trafiquants, les chefs de tribu, les seigneurs de guerre.

On était repartis comme en 14, les vrais cons. J'étais le troufion de base, le mec avec un drapeau à la place de la cervelle, à recracher les bonnes intentions, la liberté des femmes, les conneries qu'on raconte aux enfants avant de dormir. Nos potes se faisaient déchiqueter par les mines et nous goûtions la morphine pour chasser l'ennui.

Combattre les terroristes, les islamistes, les intégristes, la belle farce ! Le patriotisme était déjà à la mode…

Les paysans ne faisaient pas de politique, ils cultivaient l'opium. Les enfants revendaient les boules noires dans les rues des villages. Les blessés se soignaient à la morphine. On se battait contre des fantômes à des milliers de kilomètres de chez nous, sans réfléchir, sans même nous rendre compte que les camps d'entraînement des islamistes se rapprochaient de Paris, doucement, vers l'Irak, la Syrie, la Libye, la Tunisie… On s'y était mal pris depuis le début et pas de solution en vue…

On avançait dans les campagnes afghanes comme les Américains au Vietnam, la trouille au ventre, le regard perdu, avec un fanion planté dans le cul comme pour attirer les regards.

La guerre se rapproche de nous et y a rien à faire.

5.

Un matin, on me change de mitard pour me lancer dans une pièce avec un abruti : Mokhtar Belouchi, un brave père de famille qui a laissé sa femme sur le carreau parce qu'elle avait demandé le divorce. Le tordu s'est mis à l'espionner dès la sortie du boulot en pensant qu'elle voyait un autre mec, avant de lui arracher la tête à la hache devant ses propres gosses. Je reste enfermé dans une piaule à l'entendre renifler sur son pieu. Le coupeur de tête n'arrête pas de chialer, jette ses mouchoirs dégueulasses sur le sol, avec ses ongles sales et ses raclements de gorge. Je lui demande de glavioter dans les chiottes, pas sur son bol de corn flakes ni sur les draps. Je suis prêt à me relever, à l'assommer pour de bon. Mais le débile reste scotché devant un docu sur Arte. On voit des jeunes lions mordre à la nuque des petits enfants, ceux de la femelle qu'ils espèrent brancher. Les félins laissant une batterie de jeunes cadavres derrière eux avant de baiser la dulcinée :

– C'est horrible, se lamente Mokhtar en essuyant ses larmes.

J'ai envie de pleurer de rire : le mec a décapité sa femme et se la joue Brigitte Bardot. Sauf que Mokhtar me fout vraiment les jetons. Il reste plusieurs heures devant la photo de ses gosses à prier devant les chiottes, à faire comme les feujs devant le mur des Lamentations, il se frappe la tête des centaines de fois jusqu'à se faire pisser le sang ; il chante des louanges à sa femme, répétant le nom de Leïla à chaque fois que son crâne se frotte au ciment.

Mokhtar est brisé par ce qu'il a fait et je dois le supporter toute la journée. Le pire, c'est que je me contente de ça et que je le comprends. J'ai comme de l'empathie. Il suffit de quelques secondes pour basculer dans la folie. Un geste un peu brusque, une connerie d'impulsion et c'est la vie qui dérape.

La plupart des mecs ici ne sont pas des cadors, pas beaucoup de parrains ni de chefs de clan, juste des paumés qui s'abrutissent avec des cachets toute la journée. Il suffit d'une bagarre qui tourne mal avec sa femme, d'un accident de voiture avec un peu de coke dans le sang, d'un règlement de comptes absurde pour terminer dans cet enfer.

Je suis là dans ma piaule en train de me morfondre lorsqu'un maton ouvre la gondole en sifflant.

– Christo, il y a un type qui te demande au parloir.

– Quoi ?

– On dirait un journaleux, je ne sais pas, bouge ton cul !

Je me lève rapide en enfilant mes godasses, prenant la suite du gardien en direction du couloir. Il est

5 heures de l'après-midi et les bosseurs sont déjà en train de laver le sol. Je me pose dans une petite salle de quinze mètres carrés, devant une table vide. J'attends plus de dix minutes en solitaire, certain de voir mon avocat débarquer en m'annonçant des nouvelles. Mais non, voilà que la porte s'ouvre et qu'un vieux type, la cinquantaine, débarque avec un costard sans cravate, chemise blanche, bien sapé, lunettes, des crocos aux pieds et une petite sacoche à la main.

– Salut, je m'appelle Finville.

– Salut, je réponds un peu curieux, le regardant s'asseoir avec lenteur.

Je le sens à l'aise, avec ses gestes calmes et bien lancés. Je parierais pour un représentant de commerce ou un prof de fac, le genre de bonhomme qui a l'habitude de dominer la situation. La première chose que je reluque quand je parle à un inconnu, c'est les pieds. Il suffit qu'il les tourne vers l'extérieur pour que je me méfie. Le visage est habitué à mentir, pas les pieds. Dans le cas de Finville, il les croise, il a envie d'être sympa.

– Je fais une étude sur les anciens légionnaires, dit-il en mettant son sac sur la table.

Je me sens tout de suite un peu mal.

– Comment vous savez ?

– Je travaille en collaboration avec le ministère de l'Intérieur, dans les sciences humaines. Mais ne vous inquiétez pas, je ne veux surtout pas que vous ayez des ennuis ici. Je me doute bien que vous n'avez pas envie que tout le monde soit au courant.

J'ai affaire à un connaisseur. L'universitaire intelligent. Le binoclard a de l'esprit. Ça me change de Mokhtar et des minables dans la cour.

– J'ai lu votre dossier. Ce qui m'intéresse, c'est le retour à la vie civile, après la légion.

– Comment ça après la légion ?

– La difficulté de revenir après les combats.

– Quels combats ? je demande pour le tester.

– Vous n'êtes pas allé en Afghanistan ?

– Si.

Le type a l'air vachement au courant.

– Vous pouvez me dire pourquoi vous avez quitté l'armée ?

Qu'est-ce que ça peut lui foutre, à cet intello !

– J'en avais juste marre…

– Vous aviez des problèmes avec la hiérarchie ? il me demande avec un sourire en coin.

Je recule sur ma chaise, méfiant.

– Je gagne quoi à vous répondre ?

Je veux bien parler, mais pas gratos. Le binoclard enlève ses lunettes, les essuie avec un mouchoir en tissu en prenant son temps. Il a les ongles bien coupés, une alliance, avec un portefeuille de gros volume bien apparent sous sa veste.

– Dites-moi ce qui vous ferait plaisir…

J'avance mes pions en douceur. Je flaire le pognon à plusieurs kilomètres.

– Je ne sais pas, un peu de fric, juste histoire de fumer des clopes et de mater des bons films.

Je fais le mendiant. Pas d'orgueil dans les cabanes en ciment. On s'en sort comme on peut. Et puis j'ai vraiment l'impression d'avoir tapé la bonne cible. J'insiste :

– Alors ?

– Je vais voir ce que je peux faire, il me répond en reprenant ses notes.

On continue de parler encore un peu, de tout et de rien, mon engagement, la discipline, les entraînements. Je lui enrobe un peu l'affaire. L'universitaire se marre en m'écoutant frimer, raconter des blagues, toutes les conneries qu'on faisait avec les potes. « Aider la population, combattre le terrorisme... » Je sens bien qu'il a les yeux qui s'éclairent. Je joue les patriotes avec les gestes de la main. Je défends la France, les valeurs, les principes ! Et puis soudain il se lève, au meilleur moment, alors que je commençais à peine à me sentir bien. Je suis surpris, presque frustré, et lui demande si tout va bien.

– Oui, oui, ne vous inquiétez pas, j'ai juste beaucoup de travail, il me lance, en sortant un billet de son larfeuille. Vingt euros, ça vous ira ?

Espèce de connard !

– Pas de problème, je dis avec une voix d'ange, vous revenez dans combien de temps ?

– Je ne sais pas, quelques jours...

– De toute façon, vous savez où me trouver !

Ce type est ma seule distraction.

Je me souviens des paroles du père quand j'étais petit. Un vrai paysan, mon père, un immigré corse de la première heure. Il m'emmenait toujours à la campagne avant de me balancer sa philosophie :

« La police a besoin de types comme ça. Des menteurs, des clandestins, des gars qui savent garder un secret. »

Mon père était plus français que les Français. Un Corse converti. Il s'était fait découper en Algérie et continuait de croire à son pays comme une religieuse au Christ. Un idéal d'handicapé. Il avait perdu sa jambe droite lors d'une opération en Kabylie et tombait toujours dans des contradictions terribles.

« Les flics, on fait des efforts pour rencontrer les bons, ceux qui nous comprennent. Et puis on s'adapte. »

Il voulait faire de moi un fonctionnaire, il fallait faire des compromis.

« On est français, tu piges ? On aime ce putain de pays ! »

C'est le syndrome Napoléon. Mon père avait des statues du petit dictateur dans sa piaule et son salon. Il éructait contre nos politiques et puis s'extasiait sur les militaires. Il bavait sur le chef des armées pour prendre la défense des généraux. Un nostalgique de l'OAS en quelque sorte.

« Chaque jour des étrangers viennent piller la France. Ce pays, c'est comme une belle gonzesse à protéger. Faut prendre soin d'elle si tu ne veux pas qu'elle termine sur le trottoir. »

Faut dire qu'il n'aimait pas trop les étrangers. Il avait un côté parano et vieille France. À vanter les mérites des mafias à l'anciennne qui faisaient régner l'ordre dans les quartiers.

Il me sortait que la police ne pouvait pas faire le boulot toute seule, qu'elle avait besoin de types un peu limite pour réussir… Cette admiration pour les voyous, il l'avait gagnée en lisant des bouquins d'histoire sur la Résistance. « C'est les truands qui ont été les plus grands patriotes. » Moi j'avais à peine dix ans et j'écoutais ça sans vraiment comprendre. Ma mère restait tranquille dans la cuisine à bondir à chaque fois qu'il sortait une insulte. « Doumé, fais attention à ce que tu dis… »

La France, fallait la défendre comme des chiens, avec des crocs en évidence, une meute hurlant sur les grillages et rôdant la nuit dans les allées et les jardins. C'est aussi pour ça que, quand il est mort et que je me suis retrouvé paumé à pas savoir quoi foutre de ma vie, je me suis engagé dans l'armée.

Je croyais qu'en obéissant aux ordres, j'allais enfin trouver une place, me sentir bien au chaud dans le giron des uniformes. Mais non, trop fainéant et merdeux pour ça. Une cloche.

6.

Ça fait des semaines que je suis en boîte. Pendant la promenade, je regarde les Gitans de Montreuil et les dealers de coke, les maquereaux du dimanche soir et les joueurs compulsifs, autour d'une table improvisée, près des bancs de la cour numéro 3, à se marrer et se taper dans les mains, à plumer les branleurs et les nouveaux venus. Le poker me démange depuis trop longtemps. J'ausculte les attitudes, les regards, le mépris, la haine. Je reste dans mon coin, je ne joue pas, je ne parle pas, je m'emmerde. De toute façon les mecs refusent que je les approche. Pas envie de me faire couper dès mon arrivée en taule. Je prends mes distances, tout seul comme un con à traîner les semelles autour des corridors. Même en prison je bascule dans la solitude.

Les rendez-vous avec Finville deviennent mon seul bonheur. Il me convoque dans le parloir et me caresse l'esprit avec des mots doux et des billets de banque, des paquets de clopes et des belles paroles. C'est mon nouveau copain !

Ce jour-là, il m'invite à le rejoindre dès le matin. Il est 9 heures quand il me fait appeler par les matons. Je me tortille sur ma chaise en croyant de moins en moins à ses conneries : « Je suis un journaliste, un universitaire, un écrivain, un intellectuel… »

Il précise de jour en jour les cibles, les priorités de son travail : « Parle-moi de la légion, parle-moi de Chan Liphong. »

Il abandonne chaque jour le masque et les gentillesses, les attitudes polies et la séduction de supermarché. Maintenant faut aller droit au but et pas perdre de temps. Il répète en boucle : « Parle-moi de Chan Liphong. »

Je ne me souviens plus exactement quand son nom est venu pour la première fois sur la table, mais je me suis mis à parler de mon pote de la légion de temps en temps, de plus en plus souvent, avant que l'obsession de Finville ne le prenne pour objet.

Je vois encore ses sourcils qui se contractent, ses muscles et sa nuque qui se durcissent. Ce n'est plus le binoclard mais la barbouze qui me parle, le flicard aguerri. Chan Liphong et la Chine, comme des cercles qui dansent autour de moi avant de se recouper dans la bouche du binoclard. Il dit :

– Je m'intéresse beaucoup à la Chine.

– Ah ouais ? je réponds sans comprendre.

– Tu n'as pas remarqué qu'ils ne sont pas dans les prisons, comme si ces types n'avaient jamais de problèmes avec la justice ?…

Faut dire que je n'avais pas pensé à ça. Finville m'oriente vers des terres inconnues, m'ouvre les carreaux sur des réalités nouvelles : « Ils sont plus de 800 000 en France et jamais une erreur, pas d'escroquerie ni de racket, pas de trafic ni de crise de jalousie… »

Je suis dans la cour le lendemain et je broquille autour de moi. Je vise les Arabes et les Français, les Ukrainiens et les Gitans, Roumains, Bulgares, Colombiens, Espagnols, je reluque les Africains et les Corses jouant au foot et à la boxe. Pas un bridé rasant les murs. Pas un seul Asiate dans les parages.

Le bougre a raison ! Il me parle de politique, me dit qu'en ce moment même, loin des journalistes et des curieux, au Tibet, les soldats chinois envahissent les rues, fouillent les immeubles, détruisent les portes à coups de pied, torturant, tuant, massacrant femmes et enfants, tous ces rebelles tibétains qui s'opposent aux directives de Pékin : « Un véritable carnage… »

Je ne pige pas un mot à ces histoires. Qu'est-ce que j'en ai à foutre des moines bouddhistes ? Je m'en tape complètement, des Tibétains. Finville me serine : « Les révoltes durent depuis cinquante ans et la répression n'en finit pas. Des milliers de moines et de jeunes bonzes, les dents détruites, agenouillés dans les caves humides des prisons, affamés, frappés à longueur de journée, humiliés avec leur merde étalée aux murs, nourris de rats et de chiens errants. »

Il me tartine sur les Jeux olympiques de Pékin et Sarkozy qui avait joué les insolents à l'époque, menaçant de boycotter la grande fête universelle : « Je n'irai pas à Pékin, je vais recevoir le dalaï-lama à Paris. »

« Ah oui, je dis avec des yeux qui s'agrandissent... Incroyable ! Stupéfiant ! »

Je prends les mêmes mimiques que mon adversaire. Je croise les bras quand il croise les bras. Je fronce les sourcils quand il fronce les sourcils. Un vrai miroir.

Finville insiste sur les Chinois, me parle des manifs anti-françaises à Pékin et dans pas mal de villes du centre du pays, du boycott des entreprises Carrefour et des automobiles. Des menaces sur le vin et le fromage. Je sens bien qu'il n'aime pas les bridés. Qu'il les déteste, même. Moi je n'y connais rien. Qu'on me parle de poker ou du dernier vainqueur à Las Vegas, je suis un as, mais la politique chinoise, franchement, je pige que dalle. Et puis ces mecs ne m'ont jamais rien fait.

Finville garde ses manières pour noyer le poisson et après ses élucubrations sur le dalaï-lama et la Cité interdite, les difficultés financières des Chinois, l'atterrissage de leur économie, il se recentre sur la légion étrangère et Chan Liphong.

Chan Liphong...

« Parle-moi de ton ami à la légion... », me demande-t-il avec son air de chien battu et ses gestes de professeur. Alors je lui raconte.

Je suis dans la caserne, dans les camps d'entraînement au nord de Marseille, les calanques d'Aubagne et les montagnes corses. J'apprends à tuer et à éviter la mort, j'apprends la faim et le froid, la déshydratation et la chaleur. Je suis un homme de la légion, la vieille armée, celle des paumés et des crevards, des étrangers de la planète, les hommes sans pays et sans repères. J'apprends le camouflage et les techniques de combat, je bouffe des rats et des racines, bois de l'eau croupie dans les fossés, j'aime mon pays et la souffrance, les rêves d'Afrique et d'Indochine. Je campe dans des hangars et dans les plaines, je cours dans les forêts humides du nord de la France. J'apprends à blesser pour ralentir l'ennemi. J'apprends à flinguer à l'arme blanche. Je suis entouré d'Ukrainiens et de Russes, de Serbes et de Bosniaques.

Chan Liphong joue aux cartes sur son lit. Un flambeur de la pire espèce. Je reconnais là un frère qui tripote dans la même came :

– Ça te dirait de taper le carton ?

Il m'apprend le mah-jong et je sors les échecs. Il m'écrase au tarot et je lui ouvre le poker. Les techniques de triche. Les visages et les signes. La gestuelle. Chan Liphong ne me raconte rien sur son passé. Jamais un mot de trop. La promiscuité forcée, l'habitude de la douleur, et puis la fierté d'avoir été reçu à la légion, ça suffit à souder une amitié. On cantine avec les officiers qui nous parlent de la guerre. Celle de Yougoslavie et celle de Guinée, les vieux d'Afghanistan et les capos d'Algérie.

Tout le monde parle de Kaboul.

On se retrouve avec Chan quelques mois plus tard au creux des montagnes désertes à sillonner les marchés des villages afghans, les chemins de terre interminables se perdant dans le bleu du ciel, les paysages minéraux, entre les odeurs d'agneaux grillés et de santal. Ça n'avait rien à voir avec les films d'action, ici pas d'ennemi ni de combat, juste la peur qui nous tient les tripes sans jamais nous lâcher.

La peur des bombes artisanales.

La peur des attentats suicides.

On passe les heures d'ennui devant les écrans de télévision, à jouer à la PlayStation et à mater des films. Chan et moi sommes dans une caserne. On subit des alertes en pleine nuit, quelques rafales des talibans qui nous réveillent en sursaut, et on réplique par des tirs de mortier dans les montagnes vides, sans jamais pouvoir connaître les vrais combats. Une guerre au rabais. Une croisade qui se terminera comme au Vietnam et en Irak, une défaite de plus.

7.

Un matin, sans me prévenir, deux matons se pointent et me demandent de les suivre. Ils me changent de bâtiment et de cellule sans me donner d'explications. Je me retrouve dans une piaule individuelle avec un bel écran télé et de l'espace. Je me dis « C'est sympa ». Je ne comprends pas vraiment. Les médocs me cassent en deux. Je déprime dans le confort et la solitude, loin de la cour et des voisins qui mettent la musique à fond. Je me laisse faire. On me donne aussi plein de bouquins et les journaux de la veille, *Le Parisien* et *L'Équipe*. La belle vie !

Je revois Finville au réveil. Je ne me doute pas que c'est lui qui organise mon bonheur. Il augmente les tarifs en me faisant signer des reçus. « Ce sont des justificatifs pour ma boîte, me dit-il en jetant 50 euros sur la table.

– L'université ? je demande, un peu curieux.

– Oui, oui, l'université… »

Quelques jours plus tard, il est 2 heures du matin et la prison est silencieuse. Je somnole. Je mélancolise.

La porte s'ouvre et je sursaute, me retrouvant face à mon nouveau copain. Finville en chair et en os, comme sorti d'un mauvais rêve.

– Mais qu'est-ce que tu fous là ? je lui dis en me frottant les yeux.

La lumière m'éblouit, je tente de distinguer ses traits : les yeux durs, il a enlevé ses lunettes et porte une veste un peu usée, noire ; c'est la première fois que je le vois avec un jean et des baskets. Il a l'air plus sportif, comme remis en forme.

Je trouve un peu bizarre qu'un prof puisse débarquer en pleine nuit.

– Comment ils t'ont fait entrer ?

Il allume une clope et balance sans me regarder :

– Ce n'est pas la question. Je voulais te demander, t'aimes toujours le poker ?

– Quoi ?

– Je te demande si tu aimes toujours le poker.

– Pourquoi tu me demandes ça ?

– Tu te souviens de ce que tu me racontais sur Stu Ungar ? Tu m'expliquais que ce type se foutait de son jeu. Qu'il arrivait à gagner uniquement en lisant sur les traits de ses adversaires. Savoir ce que ressentait le type en face de lui. Ses intentions.

– Oui et alors ?

– Alors je pense que t'es capable de faire comme lui.

– C'est quoi ces conneries ? Tu ne t'es pas pointé dans ma turne à 2 heures du matin pour me dire ça !

– Non. Je veux juste te proposer une partie.

La dernière phrase me percute sans que je puisse répondre. Je suis pas sûr de comprendre. Il va sortir les cartes à 2 heures du matin ? Finville me jette ça à la figure :

– Écoute-moi bien. Ça fait maintenant un bout de temps qu'on discute. J'ai appris à te connaître.

– Tu veux quoi exactement ?

– Te faire sortir d'ici.

Il affiche un sourire que je ne lui connais pas.

– Je veux que tu renoues les fils avec Chan Liphong.

Finville sort une petite flasque de whisky en s'asseyant à côté de moi.

Il me sort une enveloppe et me demande de signer un contrat pour ses patrons.

– C'est ton bon de sortie…

Là, j'ai plus envie de rire :

– Finville, qu'est-ce qui se passe, putain ?

Je tente de ramasser mon esprit autour de deux trois évidences. Un, il peut débarquer en prison à 2 heures du matin. Deux, il m'apporte une petite bouteille de whisky. Trois, il m'a plus l'air d'un flicard que d'un intello. Quatre, il n'a jamais dit de conneries depuis que je le connais. Cinq, il me propose de sortir pour que je renoue les liens avec Chan Liphong.

– T'es le Père Noël ou quoi ?

– Mieux que ça…

Je le regarde un peu de travers. Pas le moment de flancher.

– Je pourrais me déguiser en baronne pour sortir d'ici. Qu'est-ce que tu lui veux, à Chan Liphong ?

Sa respiration est calme. Sa carotide aussi. Ses mains ne tremblent pas. Ses pupilles ne sont pas dilatées.

– Ce mec bosse pour des truands chinois. Il faut que tu nous aides à comprendre ce qu'il trafique. J'ai étudié ton dossier, je sais que tu peux nous être utile. Dis-toi qu'on t'offre une deuxième chance.

Et là il me traduit le papier que je dois signer. Une lettre de l'administration de plusieurs pages qui va m'accompagner dans ma sortie. Finville me fait la leçon comme mes anciens patrons de l'armée. Je viens de gagner au Loto et je réalise peu à peu la chance que j'ai. En gros, je retourne à l'armée déguisé en civil dans les rues de Paris. Avec un nouveau boulot en plomb : indic au service des uniformes.

– Tu dois être prêt à bosser pour nous à n'importe quelle heure du jour et de la nuit. Faut que tu coupes les ponts avec tes anciens potes. On va te trouver un boulot. À la moindre connerie, tu retournes en prison pour les quinze prochaines années. Et ne cherche pas à t'enfuir à l'étranger parce qu'on te retrouvera. Et on s'emmerdera pas à demander une extradition ou toutes ces conneries diplomatiques. Ce que je veux, c'est que tu réussisses la mission que je te confie. J'ai des supérieurs qui vont me coller au cul tout le temps que tu seras dehors. Je risque gros dans cette affaire. Alors sois efficace et ferme-la.

8.

De retour entre mes murs, j'arrive pas à dormir. Tension de tous les muscles, l'estomac noué, le front brûlant, je bascule lentement dans l'angoisse.

Le maton ouvre la porte de ma cellule en fin de matinée, entouré de deux civils en costard qui ne ressemblent à rien, ni grands ni petits, deux Gaulois standard dont le plus vieux me lance :

– Prends tes affaires, on s'arrache dans dix minutes.

Je vise les deux gueules qui me regardent ranger mes fringues, mes bouquins. Tout devient gris et sans couleur.

Je serai toujours un bidasse, je traîne mon destin de troufion sans savoir rien faire d'autre qu'obéir aux ordres sans moufter. Parce qu'à ma première connerie, je peux être certain que ça va mal tourner.

J'accompagne les deux flicards dans les couloirs, en direction de la sortie ; la gondole s'ouvre sur un soleil éclatant, une rue déserte et une caisse qui nous attend au coin de la rue. Tout me paraît hostile. Le monde a changé de forme. Les décors ne sont plus les mêmes. Plus sombres. Les visages, les gestes, tout me semble suspect. Et puis des souvenirs assez durs viennent me fouetter pendant qu'on roule en direction du sud. Je ne sais pas ce qu'est devenu Chan Liphong.

Les deux gobe-mouches arrêtent la voiture en face d'une station RER. Le conducteur se retourne avec une grosse enveloppe à la main :

– Tu trouves un hôtel dans Paris et tu dors, compris ?

Je sors de la bagnole déjà fatigué par cette première demi-heure de liberté et ouvre l'enveloppe : plus de 2 000 euros et un téléphone portable. J'observe les rues bondées et les embouteillages, le brouhaha des camions, les klaxons, les taxis dévalant la rue en direction de Paris, la ville et ses ouvriers au travail, les couleurs de leurs vêtements, les cris, les disputes, toute cette vie de chaos écrasée sous la pollution. Je me laisse bercer par le paysage métallique de banlieue, sans perdre une seule parcelle de cette réalité nouvelle.

Je trouve un hôtel minable au nord de Paris en fin de journée. Pas envie de claquer ma thune dans des beaux lupanars. Je ne sors pas de ma piaule pendant trente heures d'affilée, fixé devant l'écran de télé, anesthésié par les images. Je boudine devant les infos, les docus à la con, les séries américaines, les mêmes qu'en prison. Je me réhabitue lentement à la vie du dehors.

Je comate et fantasme et retombe en déprime la minute d'après. Je regarde cinquante fois les mêmes affaires de mœurs sur BFM, la météo en boucle, jusqu'à ce que la faim me tire de ma léthargie.

22 heures. Je me décide enfin à bouger dans le centre. Je descends Pigalle en douceur, j'oblique vers la place Blanche et croise les néons rouges et jaunes des bars, me fais alpaguer par quelques marcheuses, me retrouve dans une salle de billard près de l'Opéra, reluquant les joueurs avec l'envie de m'amuser, perdre mon fric, boire et tituber entre les tables. Je ne joue pas. Je ne bois pas. Je ne déconne pas. J'erre comme un con jusqu'à ce que les lumières des bars s'éteignent. J'attends que Finville me donne quelque chose à faire.

Il débarque le lendemain après-midi, une bouteille de champagne à la main :

– Comment tu vas ?

– Bien.

Il me tend un verre en me prenant par l'épaule :

– Il va falloir que tu te bouges un peu.

Je me mets direct au garde-à-vous, à moitié pour rire, à moitié pour faire allégeance :

– Oui chef !

On ne perd jamais ses habitudes militaires. C'est comme la syphilis ou l'herpès, ça s'accroche au corps comme une sangsue.

– On va rejoindre un collègue à moi dans le 13e. Se faire une bonne bouffe pour commencer.

Je me laisse prendre à son jeu, sans pouvoir m'empêcher de sortir une question à la con :

– Tu carbures pour quelle branche exactement ?

– …

– T'es de la PJ ou des RG ?

Finville lève les yeux au ciel :

– On dit plus RG depuis longtemps.

– Mais tu boulonnes pour qui ?

– Je suis dans la boutique depuis vingt ans si ça peut te rassurer. Je m'occupe de blanchir les mecs comme toi. Leur trouver du boulot, les prendre sous mon aile.

Il se relève pour ouvrir la fenêtre qui donne sur la cour, reluque les quelques zombies qui commencent à fureter dans le noir.

– On te file 2 000 euros et c'est le seul hôtel que tu trouves ?

Je pense exactement comme lui, mais je préfère changer de sujet :

– Il fait quoi, Chan, exactement ?

– Il vole des antiquités chinoises, des diamants, des saphirs, des costumes d'empereur…

J'avoue que ça m'en bouche un coin. Chan dans les œuvres d'art, c'est plus qu'une surprise.

– Mais Chan, c'est qu'un sous-fifre, qu'il me dit en me fixant droit dans les yeux. On veut trouver les vrais commanditaires. C'est là que tu interviens.

Il me donne un peu trop d'importance. Je ne vois pas comment je pourrais être utile.

– J'ai pas les yeux bridés, à ce que je sache, et à moins de me faire de la chirurgie esthétique, je vois pas comment ils vont m'accepter.

Finville me rassure :

– Ces mecs-là sous-traitent pas mal de leurs coups à des Français. Ça leur permet de brouiller les pistes.

On n'a même pas fini le champagne que Finville m'emmène dans sa bagnole à travers Paris, jusqu'au Long Hai. Une salle fermée où nous attend un de ses collègues, un moustachu d'une trentaine d'années avec une cicatrice en haut du front. Le taiseux par excellence. Je lui sers la pince et m'assois en face de lui. On laisse les serveuses prendre la commande avant de rentrer dans le vif du sujet. Finville tient le crachoir, s'acharne à me parler de Chan Liphong et de ses potes avec des grands gestes :

– Ces connards nous mènent en barque depuis trop longtemps. Des vrais petits salopards avec le cerveau bien fait. Meurtre, blanchiment, braquage de musée. On est débordés, dit-il, les lèvres serrées.

Et le flic de partir dans des digressions vaseuses, s'évaporant dans les histoires de mafias et d'espionnage. Il ne sait pas vraiment qui les dirige. Au départ, c'étaient des petites frappes. Mais depuis quelques mois, ça commence à sentir mauvais.

– On ne vole pas des œuvres à plusieurs millions d'euros par hasard…

Des œuvres d'art à plusieurs millions d'euros ? Je suis de plus en plus curieux. Je le laisse bavasser en goûtant ma soupe, me concentrant sur les paroles de mon nouveau patron.

L'enquête de Finville a commencé avec la mort d'un marchand d'art à Versailles voici plus d'un an. Sir Anthony Stevenson, un riche aristocrate anglais qui venait d'acquérir un artéfact décrivant les armées de l'empereur Qianlong en 1747. Un rouleau de soie estimé à plus de 20 millions d'euros. Juste après la vente aux enchères, Stevenson fut retrouvé la gorge tranchée dans son hôtel.

Un meurtre qui n'avait rien de prémédité, me dit Finville en fixant son plat de nouilles. Plutôt une bagarre qui aurait mal tourné.

C'est une trace ADN retrouvée sur les lieux du crime qui l'a mis sur la piste de Chan Liphong.

Finville fouille toutes les anciennes archives de la police et tombe encore une fois sur les traces de Chan. Une autre empreinte retrouvée dans un château de Gironde, après le vol d'un bronze datant de la période Ming.

Chan devient suspect numéro un du meurtre. Mais le flic n'arrive pas à comprendre pour qui il travaille, et il est certain qu'un interrogatoire ne donnerait rien. Il veut approcher la cible en douceur et identifier les commanditaires. Il veut décapiter la tête du réseau, pas coffrer un sous-fifre et un minable soldat.

Son obsession monte crescendo au fil de ses recherches, il voit des milliardaires chinois, des oligarques, des pontes de l'administration pékinoise taper la discute avec mon ancien collègue. Des truqueurs qui rachètent au dixième du prix du marché des trésors de la Chine.

Il me raconte que je vais devoir faire fonctionner mon cerveau, m'ouvrir les méninges, lire pas mal de bouquins et même apprendre des rudiments de chinois :

– Je sais que t'aimes ça, les bouquins !

Je lui avais confié mes dernières lectures, des romans, des polars, de bonnes histoires pour divertir les neurones. J'adore la tchatche des aventuriers de la misère. Je m'étais toujours dit que ça pouvait me servir. Mais là Finville me branche sur un domaine totalement étranger : une vaste galerie de portraits historiques, de peintures.

– Tu connais un peu les antiquités chinoises ?

– Non.

– Et le sac du palais d'Été, ça te dit quelque chose ?

– Pas vraiment.

– Tu situes l'empereur Qianlong ?

– L'empereur quoi ?

Finville me regarde d'un œil vif :

– Il a vécu au milieu du XVIIIe siècle, régnait sur le plus grand empire qui ait jamais existé. C'est lui qui a construit le palais d'Été de Pékin. L'équivalent du château de Versailles et du musée du Louvre réunis.

Je découvre un monde mystérieux, une féerie de l'ancien temps, presque de la magie tellement les chiffres font perdre la tête.

– Juste une devinette. Tu sais combien coûte une petite tasse de l'empereur Qianlong ? Dis un chiffre !

Je regarde Finville avec les yeux d'un animal un peu stupide. Il dit :

– Plus de 20 millions d'euros…

Ça fait un paquet de billets pour une petite tasse de trente centimètres cubes.

– C'est de tout ça dont s'occupe Chan. Il repère les collectionneurs et les dépouille après une bonne vente aux enchères.

Pas la peine de braquer des fourgons blindés. De risquer quinze ans de taule pour un vol à main armée ou de trafiquer des tonnes de came pour la même rentabilité. Trop dangereux !

– Ces mecs-là sont plus malins que les caves habituels.

Finville me parle de l'explosion du prix des antiquités chinoises dans les salles de marché :

– Mille trois cents pour cent en quatre ans !

J'entends des chiffres et des mots qui sonnent :

– Douze millions d'euros pour un petit costume d'empereur… Cinq millions d'euros pour un cheval de jade…

Les objets les plus précieux se cachent dans les musées et les galeries d'art. Plus dans les banques. Ça ne fait pas de bruit, ça ne risque pas grand-chose. Y a pas mieux pour blanchir l'argent. Le crime organisé a mis la main sur ce business depuis pas mal d'années. Les salles de ventes sont plus prisées que les casinos ! C'est l'un des secteurs les moins contrôlables qui soient, les Sotheby's, Christie's et Poly acceptent des virements provenant des paradis fiscaux, sans que l'on connaisse l'identité de l'acheteur.

Finville m'explique que Chan est spécialisé dans les vols mais aussi dans le recel et les enchères.

– Chan, ce trou du cul ! On parle pas du même gus, je t'assure, Finville, il n'est pas capable de faire tout ça !

– C'est bien ce que je dis. Chan est un baltringue et je veux connaître le nom de ses complices et de ceux qui lui donnent des ordres.

Mon boss m'affranchit sur quelques techniques des voyous de l'art contemporain. Des procédés que Chan n'a jamais pu apprendre à la légion. Une évidence.

– Il n'y a pas que les vols. Mais aussi la spéculation. C'est tellement facile de faire des fausses enchères, en surestimant le prix d'une œuvre pour blanchir l'argent sale…

Prenez deux complices. L'un qui détient une œuvre estimée à 100 000 euros, un autre qui cherche à dépenser des millions d'euros gagnés en came ou en mettant des filles sur le trottoir. Les deux amis vont profiter d'une vente aux enchères pour faire exploser les prix. Une toile va être vendue 10 millions d'euros alors qu'elle n'en vaut pas la moitié, et personne ne retracera l'origine de l'argent sale, parce que quand tu achètes une œuvre d'art à Hong Kong ou Singapour, tu n'as pas besoin de carte d'identité. Il te suffit de poser des valises de billets sur la table.

Finville m'attire dans un monde totalement nouveau.

– Mao a buté tous les artistes dans les années 60, il les a envoyés dans les camps et les prisons du régime, dans le désert de Gobi et les plaines gelées du Xinjiang. Mais depuis une vingtaine d'années, surtout depuis les Jeux olympiques à Pékin en 2008 et l'Exposition universelle de Shanghai, la Chine est devenue le Graal de tous les marchands d'art. Pas étonnant que la mafia s'y soit engouffrée. Le nombre de milliardaires augmente plus vite que la pauvreté chez nous et les types ne savent plus quoi faire de leur fric. Alors ils achètent des œuvres d'art de leur pays, des antiquités, des peintures, des vieilles pièces appartenant aux anciennes dynasties impériales. Tout le pays encourage ce nouveau genre de patriotisme et ferme les yeux sur le nom des acheteurs et la nature des capitaux…

Chan aurait donc profité de l'aubaine pour voler les plus belles pièces en France, sillonnant les vieux châteaux en Gironde ou en Bourgogne pour dévaliser les collectionneurs.

– Car à côté des œuvres d'art qui se vendent dans les circuits officiels, il existe un réseau souterrain connu des mafieux les plus malins.

Finville me parle d'un milliardaire chinois immigré en Espagne à l'âge de neuf ans, un certain Gao Ping qui venait de tomber dans les filets de la justice à Madrid, avec plus d'une centaine de ses collègues. Ce propriétaire de galeries d'art à Madrid et Pékin – un mécène de l'art contemporain, un proche de la famille du roi Juan Carlos – était impliqué dans l'une des plus vastes escroqueries qu'avait connues l'Europe depuis bien longtemps. Étant à la tête d'un réseau de prostitution et de came, il blanchissait son argent sale en utilisant ses galeries d'art en Espagne et en Chine… En quelques années, ce type avait réussi à détourner plusieurs milliards d'euros au fisc espagnol !

– Des mafieux dans le genre de Gao Ping, il en existe aussi en France, et ton copain Chan bosse pour eux ! C'est pour ça que je t'ai embauché ! Il faut que tu nous aides à démanteler le réseau. Ensuite on te laisse tranquille, pigé ?

Ça vaut toujours mieux que de traîner dans des couloirs de prison. Finville me promet tellement de choses. Je suis à peine sorti de taule que je m'imagine déjà me balader dans les galeries d'art du monde entier !

Après le restaurant, on reprend sa Mégane pour aller s'arrimer dans le 8e, une boîte vers les Champs-Élysées. Mon flic adore faire la bringue dans les bars à putes, embarquant ses indics dans les pires bouges à crapules. C'est sa manière à lui de détendre l'atmosphère. Il serre la main du videur et fait la bise aux nanas du vestiaire. Tranquille. Avec un sourire d'habitué. Pourquoi faut-il toujours que je tombe sur des frimeurs ?

On est maintenant attablés devant une bouteille de champagne, à reluquer les danseuses à moitié à poil, entre la rue de Ponthieu et celle des Champs-Élysées. L'animation me fait tanguer. Mon crâne se disloque sous le vacarme. Les visages se déforment à côté de moi, alors que mon nouveau patron continue de me saouler avec un nombre d'infos totalement ahurissant :

– Tu vois, Thomas, la Chine du XXIe siècle, c'est comme Louis XIV et l'Amérique des années 50. Les bridés ont besoin d'une puissance culturelle pour régner et vendre leur produit. Ça s'appelle le Soft Power, continue Finville, me racontant que toute l'industrie du cinéma est concentrée sur la beauté chinoise et la fabuleuse sagesse de son gouvernement. La propagande marche à plein par là-bas, une copie d'Hollywood avec feux d'artifice et artistes payés par le gouvernement. Même le crime organisé se sert du marché de l'art pour blanchir son argent sale. Le gouvernement préfère fermer les yeux, tant que toutes ces pratiques servent à vanter la Chine éternelle.

Je me laisse bercer par ses théories en matant les filles sur la piste. Finville me renseigne sur les vrais dangers. Un bourrage de crâne. Il me répète inlassablement le même discours :

– Tous nos médias, ces attrape-mouches, se concentrent sur les jeunes cons qui partent en Syrie ou font des attentats. Tout le monde est obsédé par Daech et les islamistes. On oublie juste que les Chinetoques nous la mettent bien profond ! C'est la Chine, le danger, pas les fous d'Allah !

Il veut coffrer les parrains des gangs chinois qui s'implantent en France par dizaines :

– Ces gars-là nous bouffent la vie, tu comprends. Mais personne n'en a rien à foutre. Ils grimpent les échelles dans les gouvernements, achètent les politiciens, les flics, les militaires, attendent la moindre crise économique pour blanchir leur fric et grignoter le pouvoir. C'est pas spectaculaire. C'est discret. Les mafias asiatiques sont bien plus puissantes que la Cosa Nostra et les cartels mexicains, mais ça, personne n'en parle. Il y a même des gogos qui nous racontent qu'en France elles n'existent pas.

Finville reprend sa veste et se lève en me faisant signe de le suivre. Il serre quelques pinces sur le chemin de la sortie. C'est au détour d'une rue, à quelques dizaines de mètres de mon hôtel, qu'il se plante devant moi et m'accroche le cerveau :

– Faut absolument que tu rentres dans l'organisation de Chan Liphong. Faut que tu nous aiguilles dans ce labyrinthe, tu comprends ? Je veux savoir qui est derrière tout ça et qui donne les ordres. C'est à ce prix que tu t'en sortiras.

9.

Je suis à des milliers de kilomètres de Pékin et des neuf sages qui gouvernent la Cité interdite, à des milliers de kilomètres de Shanghai, Canton et Shenzhen, les villes portuaires du Sud ouvertes aux triades et à la mondialisation.

Je suis dans une rue de Paris sous une pluie insupportable, les hallebardes tombées du ciel strient le paysage noir avec une régularité presque militaire. 6 heures du soir sur Belleville, je bascule dans la rue du Faubourg-du-Temple, je regarde les dealers s'abriter dans la rue Jules-Verne, les femmes presser le pas en remontant chez elles. Je referme ma veste pour me protéger du vent qui fouette les immeubles, encore quelques dizaines de mètres avant d'entrer dans le restaurant Duong Phong à l'angle de la mosquée.

Une demi-douzaine de flics sont sur le pont : des gars planqués dans des souricières louées pour l'occasion. La flicaille me reluque de tous les côtés. Elle me surveille, me protège, me lèche les flancs avec des yeux électriques. Je marche dans la rue bardée de caméras, les micros dans mon veston et la salive qui manque.

Matériel high-tech et observation en continu. J'ai comme l'impression d'un retour à la légion, sans la tenue de combat mais avec la même tremblote.

Réussir ma première approche.

Tamponner Chan Liphong.

Ne pas faire d'erreur.

Le matin même, Finville a commencé à me faire le topo :

– Chan Liphong sera dans le restaurant vers 7 heures du soir. Tu dois faire comme si c'était un hasard.

– Et si jamais il ne marche pas dans la combine ?

– Fais-nous confiance.

Finville me tient dans ses filets. La pression est déjà là, insupportable, invisible, latente. Il dit :

– C'est normal que t'aies la trouille. Mais dis-toi qu'on est plusieurs à te couvrir et que tout est organisé pour que le premier contact se passe bien.

Finville a monté un scénario en béton armé :

– Tu vas entrer dans le restau tranquille, sans te faire repérer. Et puis deux mecs à nous vont faire irruption dans le local et foutre le bordel. Voilà ce que tu vas faire : tu les renvoies dans leurs cordes et leur fais quelques bobos, histoire d'impressionner la galerie.

Tout a été étudié dans les loges de la police : une dizaine de scénaristes travaillent en permanence pour inventer des balançoires, des légendes utiles. Je plonge déjà dans la réalité vicieuse, celle de la triche et du mensonge.

– Tu fais toujours de la boxe ?

Il me présente deux sparring-partners, les mecs avec qui je vais jouer dans le restaurant : Farid et Samir, deux lascars de la maison poulaga.

Des uppercuts au ralenti. Des crochets du droit qui frappent le vent. On s'entraîne sous ses yeux. La journée passe à une vitesse ahurissante. Je me demande quand même si on n'en fait pas un peu trop, si toute cette comédie est vraiment nécessaire pour alpaguer Chan Liphong. Après tout, c'est mon ancien pote et on n'a peut-être pas besoin de faire tout ce cinéma. Mais Finville est sûr de lui :

– T'inquiète, j'ai l'habitude.

Je viens d'entrer dans le restaurant de Chan Liphong avec une casquette vissée sur le crâne. Je sens mon cœur se décrocher, s'arrêter de battre. L'impression de jouer au poker sans avoir de jeu. De bluffer comme aux meilleures heures.

Je jette un coup d'œil autour de moi : le restaurant n'est ni luxueux ni misérable, il ressemble juste aux centaines d'établissements du même genre à travers le monde. Les murs sont recouverts de tableaux aux couleurs criardes, fontaine de jouvence et forêt tropicale, un paradis de plastique au milieu des néons fluorescents. La télé engloutit les moindres conversations. Une bande d'Asiatiques discutent en sourdine à l'arrière, près de la porte des toilettes, sans que l'on sache vraiment s'ils font partie du décor ou non. Un couple de touristes occidentaux rigole à l'entrée, piochant dans leur plat les forces nécessaires avant de se balader dans Paris *by night*.

Je commande au serveur des calamars frits et des raviolis de crevettes. J'entends les grelots de la porte d'entrée qui s'agitent.

Farid et Samir entrent dans le restaurant avec des rires insupportables. Une fois assis, ils hèlent le serveur et commandent bien trop fort deux verres de cognac, faisant exprès d'en rajouter. Farid mesure près d'1,90 mètre, tout en finesse, énorme chaîne en or dégoulinant sur sa chemise mouillée, un bas de survêtement gris aux couleurs de l'Algérie. L'autre est plus gros, plus trapu, très petit :

– Tu nous sers un verre, fils de pute !

Le serveur les ignore avec insistance, faisant sans le savoir le jeu des deux acteurs. Je dois attendre quelques secondes. Laisser venir la haine et le combat. Je ne sais même pas si Chan Liphong est là, je ne l'ai pas encore vu.

Farid recommence son cinéma, s'approche du comptoir et tente d'accrocher une bouteille, provoquant les hurlements du serveur :

– Vous-arrêtez-foutre-bordel !

– Ferme ta putain de gueule !

Samir lui envoie une droite et se marre en le voyant tomber. Je sais que tout va se jouer dans les cinq secondes qui viennent. Je reprends ma respiration et me lève d'un bond pour balancer un coup de tête au plus grand, qui bascule en arrière, s'effondre sur les tables.

Samir réagit en me jetant un cendrier à la tête. Mais j'arrive à lui bloquer le bras et lui péter l'arcade sourcilière.

La scène a duré à peine une minute. Une minute de folie furieuse qui se termine par la fuite des deux gugusses.

Des pas lourds dans mon dos.

Je me retourne, essoufflé, nerveux, ensanglanté.

Chan Liphong est toujours aussi imposant, sa calligraphie tatouée sur le cou et sa mèche brune qui lui barre le visage. Il n'a rien vu de la scène puisqu'il était dans les cuisines, mais il s'avance vers moi une matraque à la main.

Encore quelques secondes pour que le cerveau de Chan comprenne ce qui s'est passé. Et pour qu'il me reconnaisse :

– Thomas ?

Je fais semblant de ne pas entendre et m'essuie le visage. Des traces de sang me barrent le front.

– Thomas Christo… mais qu'est-ce que c'est que ce bordel ?

Je regarde sa gueule de voyou, nez écrasé par la boxe, mains larges et yeux bridés, sa veste Armani et ses pompes en cuir. Le serveur baragouine en chinois. J'entends à son ton qu'il me défend.

Voilà comment je suis devenu un petit indic de la police, un traître payé par l'administration. Le genre de taupe que les flicards recrutent à la pelle dans les prisons.

10.

Une amitié scellée en Afghanistan, une amitié de solitaires.

Chan et moi ne parlions jamais de la famille, évitant le pathos habituel des troufions. À quoi bon partir à des milliers de bornes si c'est pour regretter sa femme et ses gosses ? Pour faire la guerre, en plus. Faut vraiment être con !

On méprisait férocement ces pleureuses des chambrées qu'on amenait tous les soirs à notre table pour taper les cartes pendant des heures, jusqu'à les plumer.

Arrogance de façade. Frime de jeunes cons terriblement déçus par la réalité.

Dès nos premiers mois, Chan avait senti que cette aventure allait mal tourner. Il voyait la haine à l'état pur dans les yeux des paysans afghans et me lançait, dépité : « Ces fils de putes nous tomberont dessus à la moindre occasion. »

Il ne croyait pas possible d'éduquer un peuple aussi différent, soutenant que « ces connards vivent encore à l'âge de pierre... Pas d'électricité ni d'eau courante, mais toujours un Coran et une Kalach à portée de main ».

Et puis il ne voulait pas subir le mépris des mecs qu'il était censé aider. Trop d'orgueil pour ça.

Mais Chan m'enfumait dans les grandes largeurs. Il connaissait déjà Li Wan et Bec-de-lièvre avant de partir. La légion lui servait de tremplin, d'exercice, de rite d'initiation. Il voulait devenir leur homme de main et tenter l'aventure, la grande vie et le pognon facile. Chan m'inventait des bobards pour se couvrir.

Je ne lui reproche rien. Les rôles se sont inversés, c'est à mon tour de lui raconter des cracks pour m'en sortir.

Ça fait maintenant deux heures qu'on parle du passé, on tourne autour des souvenirs comme des affamés. On creuse la mémoire.

– On a quitté la légion en même temps ! je fais remarquer à Chan.

– Toi aussi t'es passé au tribunal ?

– J'ai pris trois mois avec sursis.

– Et moi cinq.

Je lui avoue mon soulagement de ne pas être allé derrière les barreaux pour avoir rompu le contrat. J'avais signé pour cinq ans avec la légion et m'étais tiré bien avant la fin, refusant de retourner au combat. Je continue de lui dérouler mon histoire.

– Au début, j'ai essayé de gagner ma vie au poker.

Chan m'interrompt en finissant ma phrase :

– Je vois ce que tu veux dire. C'est pas facile de revenir à la vie civile. Et qu'est-ce que tu fais maintenant ? me demande-t-il en finissant son verre.

– Je fais quelques petits boulots à Gennevilliers, à monter des échafaudages. Et toi ?

– Je rends quelques services…

– Des services ?

– J'accompagne des hommes d'affaires à Paris, me dit-il modestement.

La blague. Je baisse les yeux en prenant l'air un peu débile :

– C'est cool, ça, les hommes d'affaires. T'en as fait du chemin depuis la légion !

Je termine mon verre et fais mine de me barrer :

– Je te remercie, Chan. Ça m'a fait vraiment plaisir de te revoir.

– Tu te casses déjà ?

Finville m'avait prévenu : « Faut que tu l'accroches en douce. Tu joues le mec indifférent. »

– Je suis un peu vanné, mais j'aimerais bien te revoir un de ces quatre.

– Tu te fous de moi ?

Chan se lève et embarque sa veste :

– Alors là, mon gros, si tu crois que tu vas me laisser en plan après ce qui s'est passé, tu te trompes ! Je vais t'emmener faire la tournée des bars. Et ne t'avise pas de refuser ! Ni de sortir ta carte bleue !

C'est parti pour une nuit à tapisser les bars. Chan m'emmène à l'Usine, puis on fait les derniers rades à accueillir les âmes perdues du quartier.

Je profite d'un instant aux chiottes pour balancer mon micro à la flotte. On sait jamais ce qui va se passer. Il suffit d'un moment d'inattention pour tout gâcher.

Je reviens vers Chan un peu plus détendu.

On se remémore les balades dans les vallées de Tagab ou celle d'Uzbin où sont morts huit de nos camarades. On ne parle de rien d'autre que de la légion et de l'ennui de cette guerre, de la beauté de l'Afghanistan et des visages décharnés des enfants.

Vers 5 heures du mat', on rentre dans son appart de cent cinquante mètres carrés avec une vue splendide sur Paris et des objets de toutes sortes entassés sur le parquet : vieilles horloges persanes, antiquités chinoises, masques africains, boules de cristal, lampes à huile, tableaux un peu abstraits, vestes russes et chapeaux, colliers, chandeliers, sculptures, bijoux, perles, affiches de cinéma, vêtements de bonnes femmes, vieilles breloques achetées chez des particuliers plus ou moins ruinés, plus ou moins morts. Je demande à Chan :

– Faut que tu me donnes la formule, j'ai tout raté, moi…

– T'inquiète, me dit-il en ouvrant une bouteille de whisky. Je vais te trouver du boulot, fais-moi confiance.

On dirait bien que j'ai gagné le premier round, je me dis en sinuant dans les ruelles à 6 heures du matin, titubant sur les trottoirs de Paris.

Je suis devant un appartement du 9e arrondissement, la porte s'ouvre, les rideaux sont tirés, la télé et les portables éteints. L'ambiance est froide, les visages fermés, la concentration au maximum. Finville est là avec l'un de ses adjoints, Viano, toujours aussi taiseux, toujours aussi bien habillé, veste en cuir et pompes Gucci.

Je m'assois sur une chaise, devant une table, entre des murs blancs et sans charme. J'aperçois une caméra qui filme la scène. Je suis épié par les princes de l'administration. Après chaque rencontre avec Chan, chaque coup de téléphone, le moindre contact, même avec un intermédiaire, je vais devoir prévenir mon nouveau patron. Lui montrer mes cartes et mes atouts. Pas de cachotterie. Tout balancer sur Chan Liphong, ses habitudes, ses gestes.

Finville démarre sur la nuit dernière :

– Ça s'est bien passé ? Raconte-moi un peu…

– Il ne se doute de rien. Enfin je crois pas.

– Et chez lui, c'est comment ?

– Un vrai palace. Des peintures partout, des antiquités.

– Parle-moi de son caractère.

– Il est beaucoup plus calme. Plus posé. Il me donne l'impression de s'être assagi.

– Il t'a parlé de son boulot ?

– Il m'a dit qu'il s'occupait d'hommes d'affaires. Qu'il était une sorte de garde du corps pour milliardaires.

– Il t'a donné des noms ?

– Pas encore.

Finville pose ses deux bras sur la table et s'approche de moi :

– Quand est-ce que vous allez vous revoir ?

– La semaine prochaine. Il m'a parlé d'une soirée.

– Où ça ?

– Dans une galerie.

Je donne toute une série d'informations en vrac. Sur la couleur de ses vêtements. Sa montre et ses cartes bleues. Sa générosité. Ses goûts de luxe et ses bars préférés. Finville me repose les mêmes questions à dix minutes d'intervalle pour être sûr que je ne lui raconte pas de craques.

Il me montre des photos d'officiels chinois. Des photos d'œuvres d'art. Des objets du palais d'Été :

– Est-ce que vous avez parlé de ça ?

– De quoi ?

– Du palais d'Été.

J'ai mal au crâne, la gueule de bois fait bien son travail.

– Il faut que tu viennes avec moi au musée Cernuschi.

– Quand ?

– Fin de semaine. On va assister à une conférence. Je t'avais dit que tu allais te remplir le cerveau.

– OK.

– Et puis il faut que je te file quelques bouquins à lire, histoire que tu te renseignes.

– Pas de problème.

Quelques jours plus tard, je m'embusque dans le musée Cernuschi, dans un décor peuplé de statues de Bouddha et de bronzes ciselés, au milieu d'œuvres asiatiques exposées sur plusieurs milliers de mètres carrés.

Moi qui ne suis jamais allé au Louvre ni au musée d'Orsay, moi qui n'ai jamais acheté un livre d'art, j'hallucine totalement. Je suis le nouvel élève de l'académie Finville. Je m'orientalise à vue d'œil. Je cherche mon maître en chinoiseries.

On a rendez-vous ici pour une conférence sur le palais d'Été de Pékin.

Je monte au premier étage, au milieu des armoires laquées et des jarres aux pampres de Chine, dragons bleu de cobalt et porcelaines rouges disséminés sous l'immense Bouddha en bronze qui trône dans la pièce. Je vois une guide d'une trentaine d'années discuter avec des vieilles peaux du sud de la France. Des Marseillaises déguisées comme des arbres de Noël, avec des bagues en or et des bijoux autour du cou, trois centimètres d'épaisseur de fond de teint et un litre de parfum vidé sous les aisselles.

J'entends jacter de la Chine et de ses artistes, des encres centenaires : « Regardez ces céramiques et ces parures funéraires, ces verseuses en or martelé sur noyau de fer, chaises de noyer en forme de sabot, ces orfèvreries, perle en forme de phénix, terres cuites retrouvées dans la terre abandonnée de la Mongolie intérieure. »

De la frime en technicolor.

Je ne vois toujours pas Finville. La guide continue de pérorer, fière de ses trésors : « Vous connaissez Shitao ? Ce génie du XVIIIe siècle qui utilisait le trait ridé pour modeler la forme de ses œuvres ? On appelle cette technique “gueule du diable” ou “fragment de jade”. Ses paysages jaillissaient dans le ciel, épousaient la forme des montagnes et des vallées pour se perdre dans le vide des formes. »

C’est la journée du lyrisme. Celle des énervés de la connaissance…

« Son destin symbolise aussi celui de la Chine, envahie plusieurs fois par des puissances étrangères. Sa famille fut massacrée lors des invasions mandchoues de la fin du XVIIe siècle, Shitao avait trois ans lorsqu’il perdit tous ses frères et sœurs, ainsi que ses parents, aristocrates de la cour de l’empereur, lors de la chute de la dynastie Ming. Il fut sauvé miraculeusement par un des serviteurs qui le confia à des moines bouddhistes du mont Xiang… »

Au bout de quelques minutes, j’aperçois Finville posté sous l’immense statue de Bouddha.

Il m’observe. Ne peut s’empêcher de me surveiller.

– Alors, Thomas, on bachote ?

Je m’approche avec un sourire :

– J’aime bien les décors…

On descend rapidement au sous-sol, dans une grande salle pleine à craquer : des étudiants, des retraités devant une sorte de binoclarde un peu rigide qui s'active derrière un pupitre. Une Chinoise.

J'ai l'impression de voir la guide du premier étage, mais avec l'air un peu plus pincé. Finville me prévient en chuchotant :

– Écoute bien tous les trucs qu'elle va nous raconter sur la France. C'est juste une mise en bouche, histoire de te préparer pour la suite. C'est le genre de propagande qu'on va te servir à longueur de journée. Prends du recul.

Elle commence par nettoyer ses lunettes à triple foyer. Se racle la gorge avant de commencer à nous parler de la guerre entre la Chine et la France en 1860 et la destruction du palais d'Été de Pékin :

– À l'époque, des milliers de tonnes d'opium se déversaient chaque année dans les rues de Pékin et de toutes les villes de la Chine. La France et l'Angleterre étaient les deux plus grands dealers d'opium de tous les temps. Voilà comment la civilisation européenne a enseigné le commerce aux Chinois.

J'apprends qu'au XIXe siècle, la France et l'Angleterre ont imposé aux Chinois d'acheter des milliers de tonnes d'opium pour équilibrer la balance extérieure. Ils ont profité de leur puissance militaire pour camer toute une population. Et quand l'empire du Milieu refusa en 1856 de continuer à acheter la drogue aux Européens, la vengeance de ces derniers ne tarda pas à s'abattre sur la Chine. La coalition anglo-française se mit en place, une sorte de French Connection avec une armée surpuissante :

– Les troupes occidentales arrivent à Shanghai au début de l'année 1860 et remontent jusqu'à l'embouchure du Baihe dans le golfe de Zihli, à une centaine de kilomètres de Pékin. Les trente mille hommes se mettent à marcher dans la boue et les herbes hautes infestées de moustiques.

« Commencent les pillages, l'assassinat des mandarins et les viols de femmes. Ils égorgent les civils, détruisent les pagodes de Peh-Tang et de Dagu. Les mères préfèrent quelquefois étrangler leurs filles plutôt que de les laisser à la merci des envahisseurs. La population apeurée fuit les villes pour se réfugier dans les forêts plus au nord, quittent les maisons et les fermes, les enceintes des villes dévastées par les affrontements.

La conférencière poursuit sa litanie :

– Les soldats français et anglais continuent leurs massacres dans les villes de Sinho et de Tanggu, sous les orages d'été et les trombes d'eau. Les canons des Occidentaux font face aux arcs, aux fusils, aux lances des dizaines de milliers de Chinois pris de panique, qui reculent devant l'agression des pillards qui brûlent tout ce qu'ils trouvent sur leur chemin. La route en direction de Pékin est ouverte le 25 septembre 1860, après la bataille décisive de Palikao. Ils aperçoivent de loin la Cité interdite mais préfèrent contourner Pékin vers le palais d'Été où l'empereur s'est réfugié avec ses derniers fidèles…

« Les Français et les Anglais vont continuer leur pillage et détruisent les plus belles merveilles de la civilisation chinoise, se saoulant dans les lits et saccageant le mobilier de cèdre, urinant sur les parquets et les objets d'une inestimable valeur. Un témoin de l'époque a raconté qu'il avait vu là d'admirables porcelaines réduites en miettes, des vieux laques, des craquelés, des ivoires, des jades qui macadamisaient le sol, des vases émaillés avec lesquels on jouait aux boules, que ça faisait mal à voir, c'était à en pleurer ! Et aussi que plus loin, dans les trois cours d'un magasin, il y avait deux pieds de soieries brodées d'or, brodées merveilleusement, des choses d'une splendeur inouïe, et tout cela foulé aux pieds sans vergogne !

« Pour finir, les soldats français prennent le prétexte de la prise d'otages de deux jésuites à Pékin pour incendier et détruire définitivement le plus beau palais chinois du XVIIIe siècle. Partent en fumée non seulement une bibliothèque grande comme trois galeries du Louvre, réunissant des ouvrages vieux de quatre millénaires, c'est-à-dire le début de la civilisation chinoise, mais aussi toutes les pagodes et les temples bouddhistes, les moindres salles de fête et les chambres, les musées et tout ce qui restait. Trois jours de flammes et de destruction, un nuage de suie recouvrant Pékin d'un voile noir. C'était comme la fin du monde, le feu se répandait de salle en salle et dans les couloirs rouges de sang à une vitesse incontrôlable. Des milliers de livres, des centaines de bijoux, des bronzes, des céramiques et des rouleaux de l'empire Qing réduits en cendres, déchiquetés par quelques milliers de soldats assoiffés de vengeance. Des colliers et des masques laminés, écrasés, souillés, pillés, volés, ravagés par un feu d'une telle ampleur qu'il faut remonter au sac de Rome par les barbares, à la destruction de Thèbes par Alexandre le Grand, à la prise de Jérusalem par les Croisés, à Samarkand et Bagdad rasées par Gengis Khan et sa famille pour imaginer un aussi terrible événement. La plus gigantesque barbarie du XIXe siècle.

Je n'avais jamais entendu raconter des trucs comme ça. La Chinoise disserte depuis une heure sur un morceau d'histoire qui m'est complètement étranger, ce trafic d'opium qui avait démoli la Chine quelques années avant la destruction du palais d'Été. Ce refus des autorités chinoises contribua à la vengeance occidentale, les Français et les Anglais venant à Pékin punir les Chinois, ouvrir les poumons des pauvres bridés aux effluves de la came. Des quantités astronomiques d'opium arrivaient chaque année sur les côtes chinoises en 1860. Quatre-vingt mille caisses de drogue, c'est-à-dire plus de quatre mille huit cents tonnes !

Faut imaginer les ravages, les familles détruites, les hommes incapables de travailler, des enfants abandonnés à leur destin dans les rues minables de toutes les villes côtières de la Chine. Un pays entier obligé de se droguer. De subir la folie de millions de toxicomanes dans les fumeries de Nankin, de Canton, de Macao. Un pays millénaire qui avait inventé la boussole et l'imprimerie, le gouvernail et le papier, la poudre à canon et les armes à feu, brisé en quelques années par la puissante flotte maritime occidentale, par leur égoïsme sans limites. Les Anglais et les Français se comportant comme une vulgaire bande de voyous. Voilà ce que nous avons laissé comme héritage à la Chine.

Je sors du musée avec Finville. Complètement sonné. Ahuri. Personne ne m'avait jamais parlé du palais d'Été, des guerres de l'opium. Les innocents brûlés dans les villages perdus. Démocratie, droits de l'homme, guerre. Bombardements, assassinats, répression. Encore et encore. Le même film qui passe en boucle. En Chine et en Afghanistan. Drogue. Héroïne. Argent. Drogue. Héroïne. Vengeance. L'impression de toujours tomber dans les mêmes travers. Bombardements de civils, progrès, démocratie, République.

Finville m'invite à boire un verre pour un petit débriefing. Nous sommes dans un café en face du parc Monceau.

La radio est à fond, le bruit insupportable, j'ai du mal à me concentrer. Finville me bassine depuis le début de l'après-midi. Me parle du musée du Louvre et de celui du quai Branly qui n'existeraient pas sans les guerres et les pillages des colonies, toutes ces œuvres d'art que nous avons volées aux Chinois et aux Égyptiens, aux Grecs et aux Africains… Je ne comprends pas pourquoi il prend la défense des étrangers. Pourquoi un flic comme lui se met à défendre les Chinois. Mais Finville est bien plus retors qu'il n'y paraît…

Il me parle bientôt des conquistadors espagnols qui ont volé l'or des Incas et détruit des civilisations millénaires. Des Anglais et des Irlandais en Amérique qui ont massacré les Indiens. Des Chinois avec les Tibétains, avec les peuples du Vietnam et ceux de Corée. Des Mongols et de Kubilai Khan étendant l'empire de son père jusqu'aux rives de l'Euphrate et du Tigre, tuant pratiquement toute la population de Bagdad en quelques semaines. Des Arabes avec les tribus africaines, de ces longues caravanes d'esclaves noirs de Tombouctou à La Mecque, qui ont aidé les musulmans à devenir l'une des plus grandes civilisations au XIIe siècle.

Comme si la cruauté et le sang étaient à l'origine des plus grandes civilisations.

– L'histoire est tragique, mon gars, et pas la peine de pleurer sur les innocents ! Faut pas que tu te laisses berner par ces minables profs. Des gauchos qui n'aiment pas la France. Les Chinois en profitent. Les Chinois, je te parle de Chan et de ses potes, ils vont essayer de jouer les victimes. Je les connais, ces enculés, ils vont essayer de te faire culpabiliser… Les Chinois n'ont jamais eu besoin de personne pour massacrer leur population. Ils ont toujours buté les opposants et les artistes, ça fait des millénaires qu'ils collectionnent les génocides… Regarde le premier empereur chinois, le père de la Grande Muraille de Chine, Qin Shi Huangdi : à peine arrivé sur le trône, il avait décidé d'enterrer vivants tous les intellectuels et de brûler leurs livres. Deux mille ans après, Mao a recommencé. Il a lancé des centaines de milliers de gardes rouges à l'assaut de la culture bourgeoise. Il fallait éliminer les vieilleries et les antiquités des anciennes dynasties. T'imagines même pas. Les gardes rouges obligeaient les gamins à dénoncer leurs parents et à les torturer en public. Toutes les antiquités ont pratiquement disparu du pays, brûlées par ces débiles, tous les tableaux, les vases des dynasties Ming, les porcelaines de Jingdezhen brisées en morceaux par des collégiens et des paysans incultes… Ça te donne une idée de la mentalité des mecs ! Même les temples bouddhistes, les mosquées, les églises, des milliers de livres et des bibliothèques ont été bousillés par ces jeunes cons. Et après ils viennent nous reprocher le sac du palais d'Été ! Mais heureusement qu'on a volé leurs trésors, sinon il ne resterait plus rien ! La France a sauvé les plus belles œuvres de la civilisation chinoise !

Il est 3 heures de l'après-midi et je n'ai plus envie d'écouter ses histoires. Je me dis que Finville est trop pointu pour un type comme moi. Je suis juste un débile de légionnaire. Rien à foutre des théories philosophiques. Finville enfonce le clou :

– L'histoire est faite de massacres. T'avise pas de croire à leurs conneries, t'avise pas de basculer de leur côté, mon vieux, parce que je serai sans pitié, je ne supporte pas les traîtres !

Je comprends mieux son message. Il veut juste me tenir en laisse et éviter que je sois trop influencé par les propagandistes chinois.

Un vieux n'arrête pas de tousser à côté de moi. Une jeune fille pianote sur son ordinateur. J'ai envie de fumer une clope. De manger. D'aller au cinéma. La musique me casse les ailerons. J'ai le cerveau en lambeaux. Je ne crois à rien ni ne pense une seconde à le trahir. Finville s'excite tout seul, il part dans ses délires, s'énerve, fait de grands gestes, j'ai même peur qu'il chope une crise cardiaque tellement il est rouge.

Il me crache des infos sur les empereurs chinois qui dirigeaient le pays lors des guerres de l'opium :

– Ces types étaient tellement corrompus que même Poutine fait figure d'honnête homme à côté. Les empereurs chinois étaient enfermés dans leur palais, au milieu des putes et des lèche-cul, sans aucune curiosité pour le monde extérieur. Des débiles !

Il m'explique que Chan et ses potes volent les œuvres du palais d'Été et les revendent aux oligarques chinois. Des milliardaires qui ont troqué le communisme pour le nationalisme. Il me parle des ventes aux enchères :

– Des dizaines de millions d'euros pour une seule tasse de la période Ming.

Je ne connais pas la période Ming.

– Des dizaines de millions d'euros pour des rouleaux de la période Qing.

Je ne connais pas la période Qing.

– La culture est le sang d'une nation. Regarde les Américains avec Hollywood et leur cinéma. C'est juste de la propagande et les mecs savent y faire en nationalisme. Même quand ils critiquent leur armée, tu vois toujours un drapeau américain en arrière-plan. Eh bien les Chinois ont compris la leçon et tentent eux aussi de nous manipuler.

Je me fous de ces histoires. Je veux rentrer chez moi et dormir.

– Le XVIIe congrès du Parti communiste chinois qui s'est tenu à Pékin l'an dernier valorise maintenant la culture. Après avoir tout détruit il y a trente ans, ces connards reviennent pleurer sur la culture. Il faut que les artistes chinois rayonnent dans le monde entier ! Alors les milliardaires font preuve de patriotisme et font s'envoler le marché de l'art ! On suspecte le gouvernement chinois de s'associer aux triades et aux oligarques pour faire flamber les prix.

Finville est un malin. Il tourne dans les hautes sphères pour être sûr de me perdre. Et revient d'un coup à la réalité en me jetant à la gueule des contradictions :

– Chan doit devenir ton plus grand ami. Mais aussi ton ennemi. Tu comprends ?

Je fronce les sourcils pour faire le mec qui se concentre.

– Ouais, ouais, bien sûr…

Je rentre chez moi complètement bourré, je titube et je tombe dans les escaliers. Quelques heures plus tard, je reçois un appel de Chan qui m'invite à l'inauguration d'une galerie d'art dans le Marais le lendemain.

11.

Je me réveille dans un sale état. Les paroles de la veille frappent continuellement mon crâne. Une douche ne suffit pas à me remettre les idées au clair. Finville a réussi à me mettre une pression maximale. Ce n'est plus seulement une mission d'infiltration, mais un acte patriotique. Je sens les milliers de cadavres français, chinois, anglais sous mes pieds. Appeler à l'aide. Je marche deux plombes dans les rues pour oublier les images. Faire circuler le sang. Quand je retombe en sieste, je vois les flammes lécher les murs du palais d'Été. L'art n'est plus un amusement, il est le cœur d'une civilisation. Je sais qu'en Afghanistan et en Irak, en Syrie et en Libye, à Tombouctou ou Syrte, des barbus saccagent des musées comme les armées françaises ont saccagé le palais d'Été. Nous sommes toujours les barbares des autres. Mon cerveau n'est pas conçu pour maîtriser toutes ces monstruosités. Je ne suis pas formé pour piger les nuances de toutes ces destructions.

Je débarque sur le coup de 7 heures du soir dans le Marais. La galerie est gigantesque, une série de salles reliées par plusieurs couloirs qui donnent sur une immense scène où se déchaîne un groupe de rock. Les sons métalliques recouvrent la voix d'une jeune fille au tee-shirt déchiré, habillée tout en noir, les lèvres et les ongles ébène. Sa musique ressemble à celle des artistes pop rock occidentaux. J'ai du mal à supporter le bruit.

Je marche sous la lumière tamisée des néons rouges, rasant les serveurs qui apportent les coupes de champagne et les verres d'alcool fort. Je recommence à siphonner en douceur et très vite mes neurones me remercient. Mes muscles me font la fête en m'aidant à tenir debout. C'est la première fois de ma vie que j'entre dans une galerie d'art.

J'observe le visage des gens qui m'entourent, cadres sup à la barbe de trois jours, dirigeants de start-up, mannequins asiatiques, jeunes branchés et vieux beaux venant ici renouveler leur cheptel de nanas en manque de confort. La paranoïa ne tarde pas à remonter à la surface. Je me demande s'il y a des hommes de la police disséminés dans la salle, presque certain que Finville profite de la soirée pour les envoyer en reconnaissance. J'oscille entre la peur d'être surveillé et la joie de changer de peau. Je joue l'amateur éclairé, m'habituant lentement au mensonge dans cet environnement plutôt agréable. L'alcool fait son effet. Je ne pourrais pas continuer à mentir sans vinasse. Je mate autour de moi. Les femmes sont bien habillées, oiseaux de nuit légèrement rongés par les cocktails et les cigarettes, les costumes des hommes sont parfaitement coupés. Je ne ressens aucun snobisme ni mépris de la part des invités.

Faut que j'oblique sur les toiles. Avoir un truc à dire si jamais je suis interrogé. Les tableaux sur les murs représentent des jeunes enfants chinois, casquette Mao vissée sur le crâne, en train de dévorer des hamburgers, de boire du Coca-Cola dans un décor lumineux, coloré, kitsch, exagéré. Une sorte de folie furieuse se dégage de chaque toile, une orgie de couleurs vives, rouge, jaune, rose, bleu électrique, une succession de figures chinoises, des dragons chevauchant des boîtes de conserve américaines, le visage de Confucius hilare buvant du whisky au goulot, celle de Mao ivre mort dans une cuisine, en train de lécher les restes d'un repas McDonald's. Je vois des enfants de cinq ans sur les peintures, le regard illuminé, jouant au milieu d'un amoncellement de cannettes de Sprite et de paquets de Marlboro. Je ne comprends pas vraiment le sens de tout ça. C'est comme des blagues mises sur toile, et j'avoue que les couleurs flashy me font sourire.

J'aperçois soudain Chan au fond de la salle, costume sombre, très élégant :

– Ça va, mon pote ?

– Pas mal.

Il voit mes cernes et ne peut s'empêcher de me chambrer :

– T'as encore picolé ?

– Non, c'est juste la fatigue…

Il me traîne rapidement vers le buffet. On évoque en se marrant notre dérive de l'autre soir. Puis il lance un regard circulaire dans la salle, visiblement à la recherche de connaissances.

– Alors, t'en penses quoi ?

– Je comprends pourquoi t'as quitté la légion. Ça sent le fric ici. Une montagne de fric.

Il sourit et me tire vers un renfoncement en désignant du menton des petites nanas en train de se balader.

– T'as encore rien vu. Et sinon, t'es déjà sorti avec une Chinoise ?

– Pourquoi tu me demandes ça ?

– T'as pas envie de goûter ?

– J'en sais rien, mon vieux, je me suis jamais posé la question.

Chan est bien en jambes. Il a envie de me faire plaisir, je le vois à son petit sourire narquois. Il m'entraîne direct dans les couloirs, sinuant au milieu des tableaux à 100 000 euros et de la musique punk. Il s'approche de deux Chinoises habillées en Chanel qui discutent au milieu des invités, visages adorables, on dirait des poupées de porcelaine :

– Xining et Liao, je vous présente Thomas. Il bosse avec moi, c'est un vieux copain.

Elles me regardent en biais et je n'ose pas leur taper la bise. Elles se contentent de sourire elles aussi. Chan lance à la volée :

– C'est un aventurier. Un des plus grands connaisseurs du Moyen-Orient.

Je me demande pourquoi Chan dit des conneries pareilles…

L'une des deux vampettes enchaîne en riant :

– Et là vous uniforme arme dans les vêtements.

– Comment ?

J'ai rien compris à ce qu'elle vient de dire. Chan explose de rire et lui parle en chinois. Je les écoute. La fille reprend :

– Vous chance avez…

– Pardon ?

– Vous chance, travailler Chan, avec lui…

La prononciation est hachée, avec une intonation légèrement agressive, comme si elle voulait m'engueuler.

– Ah oui ! Il est sympa, je dis pour meubler.

La plus timide, Xining, est aussi la plus mignonne, je la dévore un peu des yeux :

– Et vous, vous faites quoi à Paris ?

– Je suis à la Sorbonne. Art contemporain chinois…

Je sens Chan qui s'impatiente à côté de moi. Il nous dit en s'excusant :

– Je te passe un coup de fil demain, Thomas. Je dois bosser ce soir. Les filles, je vous laisse en bonne compagnie.

– OK.

Je me dis que la soirée va être belle si j'arrive à enchaîner dès maintenant.

– Ça vous dirait d'aller manger un morceau ?

– Oui, répond Xining assez emballée, manger, restaurant. Pas de problème. Encore un tour dans galerie et après restaurant. Oui ! Oui !

On se balade quelques minutes entre les salles bondées en parlant des artistes.

– Lui grand tableau… Artiste chinois…, commente-t-elle.

– Ouais ouais…

Je n'ai d'yeux que pour ses jambes, bien plus affriolantes que les tableaux aux murs. Sa copine nous abandonne rapidement dans le dédale de la galerie et je me retrouve un peu plus tard seul avec Xining dans la brasserie en face. Tout un boulot de l'écouter parler français. Je sens qu'elle est contente et je fais semblant.

– Vous travaille art contemporain ?

– Non, pas encore. Mais Chan m'a promis de me trouver du boulot.

– Boulot, c'est quoi ?

– Du travail.

J'évite l'argot et les mots un peu complexes. C'est à mon tour de lui poser des questions et je hoche régulièrement la tête pour lui donner confiance.

– Paris, beaucoup art chinois… devenir connu, non ?

Au bout d'une heure, je suis sur les rotules à force de répondre n'importe quoi. Je me retire en douceur en lui promettant de la revoir.

Trois jours plus tard, je reçois un coup de fil de Chan :

– T'es libre samedi prochain ?

– Ouais.

– Rejoins-moi à Bondy. Dans les entrepôts près de l'autoroute. Tu demandes la compagnie du Fujian. J'ai trouvé du boulot pour toi !

Je roule devant les grandes barres d'immeubles qui surplombent les terrains vagues et les entrepôts de Bondy, à la recherche du 45 avenue du Maréchal-Leclerc. L'hiver écrase Paris depuis des semaines, un froid de nacre sans vent, lourd, posé sur les pierres comme un cadenas de givre.

Je passe un grillage et des rangées de camions de trente tonnes, alignés, parallèles, puis marche en direction d'un hangar à moitié rouillé. Ce sont des containers rouges et jaunes, les mêmes qui traversent les océans pendant de longues semaines sur les navires, des coffres par dizaines entassés par d'immenses grues sur le goudron. Les inscriptions en anglais annoncent les provenances : « China », « India », « Indonesia »...

Je tourne quelques minutes entre les amas d'acier et les camionneurs mal réveillés, avant d'apercevoir un chauffeur en uniforme gris, cigarette au bec, les mains déjà sales.

– La compagnie du Fujian, tu sais où c'est ? je lui demande.

Le type se retourne à peine, ne répond pas, hoche la tête, continue à vaquer à ses occupations comme si je n'existais pas. Je poursuis ma marche entre les plaques d'acier et les camions en mouvement, les caisses posées à même le sol. Je cherche désespérément le hangar du

Fujian, croisant un groupe d'hommes assis à l'entrée d'un bâtiment. Les camions circulent dans tous les sens, avec le va-et-vient des livreurs ouvrant les containers, gueules ouvertes sur le bitume, des mâchoires d'acier indifférentes et sans expression. J'entends le vrombissement d'une voiture derrière moi, je me retourne, c'est une Audi flambant neuve, la fenêtre ouverte :

– Ça va, mon pote ?

Chan est à l'intérieur et me fait signe de monter. La radio est à fond, les paquets de cigarettes étalés sur le sol, des chemises posées en vrac sur le siège arrière.

– Belle bagnole !

Il me serre la main et embraye direct sur la soirée de l'autre fois.

– Alors la galerie, t'as aimé ?

Je lui raconte la vérité : oui, j'ai aimé, j'adore ce genre d'ambiance, les tableaux, les gens.

– J'ai un truc à te dire..., me lance Chan en garant sa caisse devant le hangar.

– Quoi ?

– J'ai revu l'étudiante.

– Quelle étudiante ?

– Celle que je t'ai présentée, la Chinoise.

– Vraiment ?

– Je crois que t'as une touche avec elle.

– Xining ?

– Oui, c'est ça. Xining...

On sort de l'Audi et Chan me fait signe de le suivre dans une grande salle, avec des étagères de plusieurs mètres sur lesquelles sont posées des antiquités de toutes sortes : chaises Napoléon III, vaisseliers, armoires, peintures, tables en chêne et en noisetier, d'origines française, italienne, allemande. Chan allume les néons au plafond et me propose un café. Je le suis au milieu des cartons et des caisses jusqu'au premier étage, dans des bureaux où personne ne travaille.

– On part au soleil en fin de journée. J'espère que t'as rien de prévu pour les jours à venir ?

– Non…, je réponds en admirant les objets entassés.

– On charge quelques antiquités dans le camion et direction le sud de la France.

On passe la matinée à monter des meubles anciens à l'arrière d'un 3,5 tonnes : des tables basses et des chaises volantes, des panneaux, des miroirs, des tableaux, les enroulant dans des draps, les faisant tenir entre des lanières bien serrées sur les parois à l'intérieur du véhicule.

– C'est légal ? que je lui demande, en faisant le simplet.

Chan se tourne vers moi, un peu surpris :

– Pourquoi tu dis ça ?

– J'en sais rien, c'est juste une question.

– T'inquiète pas, tu risques rien.

Le reste de la journée se passe à finir de ranger les meubles dans le camion, puis on part en direction du périphérique.

Les stations-essence défilent à droite, à gauche, on avale les kilomètres et les villes de province. Il faut absolument que je me renseigne sur la compagnie.

– Comment t'as fait pour entrer là-dedans ? Tu connais bien le patron ? Il s'appelle comment ?

J'enchaîne les questions avec maladresse.

– Qu'est-ce que ça peut te foutre ?

Il me renvoie dans mes cordes. Je tente de calmer le jeu.

– Ça va, c'est juste pour taper la discute.

Chan ne semble pas disposé à me parler. Faut que je la joue en finesse. Cinq heures plus tard, la nuit est tombée, on quitte l'autoroute vers L'Isle-sur-la-Sorgue, prenant encore une heure pour décharger les meubles chez des antiquaires.

Et ce manège va durer des jours. À Perpignan et Béziers. Dans les marchés aux antiquités gigantesques, plusieurs hectares de fournitures achetées par les Américains et les Japonais, les Chinois, les Anglais et les Allemands.

Chan me présente comme l'un de ses meilleurs amis, un copain d'enfance. Je note les noms de tous ceux que nous croisons. Je sais que Chan fourgue de fausses œuvres d'art. Des contrefaçons. Je sais que Chan gagne du pognon sur le dos des pigeons. Et moi j'en profite pour respirer l'air libre. Heureux. Oubliant que tout ça va me coûter cher.

Les semaines défilent. Il est 10 heures du matin et Finville referme la porte derrière moi sans me serrer la main, ni aucun sourire, juste un geste pour me dire de me poser sur la chaise. Je suis dans un appartement du 9e arrondissement, une pièce de vingt mètres carrés aux murs délavés et à la moquette bleu pâle, à moitié pourrie par l'humidité et la crasse. Mon officier traitant m'a demandé de venir pour faire le point. Je dois mettre au clair tout ce qui s'est passé avec Chan. J'avise la gueule de Viano en train de gesticuler autour d'une machine, un bloc de fer et de plastique posé sur la table au milieu du salon, une boîte de cinquante centimètres sur cinquante avec des câbles reliés à un écran d'ordinateur.

– C'est quoi ? je demande à Finville en m'asseyant sur la chaise.

– Une machine pour la confiance.

Je regarde la batterie de fils électriques. On dirait un sismographe un peu vieillot, une turbine du début du XXe siècle relié à un ordinateur dernier cri.

– C'est un détecteur de mensonges. Tu vas juste répondre gentiment à nos questions.

Finville m'enroule déjà le bras gauche avec une sorte de brassard comme pour la tension, me fixe sur la poitrine quelques électrodes.

– Je savais pas que ça existait encore…

Finville ne répond pas, Viano observe l'aiguille de la bécane bloquée au milieu de l'écran. Le ton de sa voix est neutre, sans émotion.

– On doit s'assurer que t'es pas en train de nous perdre.

Ce fils de pute doit m'en vouloir d'être parti au soleil avec Chan. Mais j'ai rien à cacher, je fais mon job. Ils peuvent bien ausculter mes moindres pensées, j'ai rien à me reprocher. Je sens le rythme de mon cœur s'accélérer à la première question :

– Tu t'appelles comment ?

– Quoi ?

– Réponds juste à la question, me sort Finville plus froid que la machine. Tu t'appelles comment ?

– Thomas Christo.

– T'as quel âge ?

J'avale ma salive comme en pleine partie, des vieux réflexes de poker pour cacher mon jeu.

– Trente ans.

Je vois Viano les yeux fixés sur son écran, en train de régler la marmite en douceur.

– T'es né dans quelle ville ?

J'hésite à peine trois secondes avant de l'ouvrir :

– Clichy.

– Faut que tu répondes plus vite !

Finville est prêt à bondir, les dents serrées.

– Raconte-moi tes journées avec Chan.

Je dois faire défiler les événements avec précision, décrire le comportement de Chan, me remémorer tous nos échanges.

– Vous avez parlé du palais d'Été de Pékin ?

– Non.

La comédie dure pendant des heures. Finville vérifie le mouvement de mes yeux, les moindres gestes.

– Vous avez vu d'autres Chinois ? Décris-moi la tronche des acheteurs. Donne-moi leur nom, leur adresse. T'as fouillé le téléphone de Chan ?

Viano nous écoute mais semble totalement absorbé par l'écran, par les aiguilles du détecteur qui sondent mes réponses, le ton de ma voix. Finville approche peu à peu du cœur du sujet :

– Tu lui as demandé pour qui il travaillait ?

Je tente de répondre avec l'air tranquille :

– Oui, mais il esquive toujours la question.

Finville attend quelques secondes :

– T'as pas insisté ?

– Je veux pas le forcer.

– Et tu lui as pas demandé comment il s'était acheté une Audi ? Comment il vivait dans un cent cinquante mètres carrés avec un salaire de brocanteur ?

– Ben si…

– Et alors ?

– Et alors que dalle.

Finville se retourne vers Viano pour échanger un regard. Se lève pour attraper une clope dans sa veste.

– On ne t'a pas sorti de prison pour te balader sur les routes ! Tu sais combien ça coûte de monter une opération comme ça ? Ça nous prend des plombes pour vérifier les informations. Sans même parler des écoutes qui nous coûtent plus de 200 euros pour les demandes aux opérateurs, des juges qui nous emmerdent, de la paperasse !

– J'y peux rien.

– Je me bats toute les semaines pour qu'ils arrêtent de me couper les budgets, pendant que toi, tu te la coules douce dans le sud de la France, à t'amuser avec un ancien pote ? Je t'ai déjà dit combien je m'étais fait chier à te sortir de prison en essayant de convaincre la chancellerie, alors faut que tu te bouges un peu !

– Laisse-moi encore un peu de temps…

Finville se lève et allume une cigarette :

– Tu devrais en savoir beaucoup plus ! Il y a un type qui dirige la manœuvre, qui fait le lien avec les acheteurs à Pékin. Chan n'est pas assez puissant pour refiler les œuvres d'art aux Chinois. Tu nous sers pas à grand-chose.

– Je te jure que je me démène comme un dingue !

L'aiguille recommence à faire des vagues. Finville me pique au vif :

– Faut que je justifie ton boulot à ma hiérarchie. Leur prouver que tu nous es vraiment utile.

– Je vais y arriver, je te le promets.

L'aiguille continue de faire des remous. La machine ne se trompe pas. Je recule sur ma chaise, m'essuie le visage. Je tente maladroitement de me justifier :

– Je suis de votre côté, putain ! Rien à foutre de Chan, moi aussi je veux le faire tomber.

L'aiguille du détecteur de mensonges se remet à faire des acrobaties. Je devrais me taire plutôt que d'ouvrir ma gueule. J'en fais trop.

J'ai déjà oublié qu'une machine surveille mes battements de cœur, que mes nerfs, mon pouls, tous les organes de mon corps sont reliés au détecteur. Finville n'est pas dupe.

– On va t'aider à passer à la vitesse supérieure.

– Ça veut dire quoi ?

– On va t'aider à prendre des risques.

Finville ne bouge plus. Me regarde sans sourire :

– Tu lui as parlé de tes problèmes de fric ?

– Oui, bien sûr !

– Tu lui as dit que tu voulais braquer un commerce ?

– Oui.

– Que t'étais prêt à vendre de la dope pour t'en sortir ?

– Je te le jure.

Finville m'avait demandé de faire croire à Chan que je devais du fric à des truands, de jouer un rôle, celui d'un type dans le besoin. Un piège pour que Chan m'embauche dans son équipe. Mais le détecteur emmagasine mes mensonges avec précision. Le détecteur sait que je n'ai jamais parlé de ça avec ma cible.

Finville soupire une dernière fois, débranche les fils et les ordinateurs. Les caméras et les micros.

– J'aime pas que tu me racontes des conneries… La réunion est terminée. Rentre chez toi, et profite bien de tes derniers jours de vacances. Parce que tout ça va te coûter très cher.

12.

Ma soumission aux flics est totale. L'épée de Damoclès tourne autour de mon crâne avec enthousiasme. Je ne sais pas ce que veut dire Finville et je préfère le déni. Le bonheur naïf. Faire semblant de croire à ma bonne étoile. Je décide de rappeler la petite Chinoise pour me changer les idées.

– Je peux t'inviter à manger un bout ?

Xining ne comprend pas la moitié de ce que je lui dis et me répond bêtement :

– Un bout de quoi ?

Il faut répéter au moins trois fois la même phrase dans tous les sens pour réussir à se faire comprendre.

– Manger un bout. C'est une expression. Ça veut dire aller au restaurant…

– Restrant… Oui… d'accord… restrant.

Nous allons dans un italien près de chez moi, canal Saint-Martin. Je lui fais découvrir les « charmes » de la guerre, lui dévidant mes histoires en Afghanistan et celles de la légion. Je déroule mes exploits et mes échecs en essayant de la faire rire. Mais à chaque fois que je fais flamber mes souvenirs, que je romance et embellis le passé, la traduction détruit tous mes effets. Impossible d'avoir de l'humour en parlant avec elle. Je lui demande alors de me parler un peu de sa ville natale.

– Mo vnir Xian. Chine centre… soldat dans la perre.

– Quoi ?

– La pierre…

Mon intelligence a des limites.

– La ville s'appelle la Pierre ?

– Non… Xian…

Une ville au centre de la Chine. Une ancienne cité impériale. Je fais semblant de m'intéresser. Oblique vers ses jambes et ses ongles. Ses bijoux en toc. J'ai envie de passer aux choses sérieuses et elle ne semble pas s'y opposer.

– Tu habites dans le coin ?

Je découvre un appartement bourgeois. Un grand lit délicat. Mais surtout une peau ornée de tatouages délirants. Des chimères. Des calligraphies. Des mystères. Ça me surprend un peu, ce décalage entre la petite bourge et le côté original de ses dessins, c'est aussi beau que les fumées d'opium dans un bouge de Kaboul.

On roule ensemble pas mal de temps. Des acrobaties futiles. Des jeux érotiques assez marrants. Je découvre son corps adorable et son caractère ; pas juste une petite étudiante friquée, une bourgeoise pourrie gâtée par ses parents. Elle a quelque chose en plus.

Une insolence et de l'aplomb. Nos discussions deviennent soudain plus limpides. Le rapprochement des corps améliore la traduction comme par magie.

Nous embrayons rapidement sur la Chine et ses artistes. J'essaie de glaner des infos. De recouper avec ce que me raconte Finville. Je l'oriente en douceur sur les corrompus à Pékin, l'histoire violente de son pays. Elle me jette un regard noir. Lèvres pincées. Nuque raide. Plus question de rigoler. Sous ses airs un peu rebelles, Xining est en réalité une nationaliste féroce. Pas la peine de lui parler de la dictature et des tartines occidentales. Pas la peine de la bassiner avec les Tibétains et les musulmans du Xinjiang. Elle déteste les leçons de morale et défend son pays avec une brutalité surprenante.

Je lui parle de Mao ; elle me répond Hitler. Je lui parle du Grand Bond en avant ; elle me rétorque guerre 14-18. Révolution culturelle, elle me répond fascisme et communisme en Europe.

Elle me fait rire, elle m'amuse, ses airs de sainte-nitouche et ses caresses. Et son intelligence est implacable.

Je la mouille sur les artistes chinois soutenus par les milliardaires et les mafieux. Elle me rétorque que Léonard de Vinci était bien financé par les Borgia et les Médicis. Que Michel-Ange travaillait pour des papes pédophiles et que cela ne l'a pas empêché d'être un grand artiste. Elle se fout que Picasso ait pu soutenir Staline, que Louis-Ferdinand Céline ait pu aimer les nazis.

J'écoute ses théories avec admiration, commence à craquer pour cette petite sirène. Xining incarne la Chine et j'adore ça.

Les jours suivants, je retourne voir Chan dans les entrepôts de Bondy. Réveil à 7 heures du matin. Nous ramassons quelques antiquités aux marchés de Saint-Ouen pour les riches Chinois en voyage à Paris. Nous descendons plusieurs fois dans le sud de la France pour embarquer des miroirs, des tableaux et des commodes datant de la Renaissance, réservés pour les salons de Pékin et Shanghai.

Je n'arrive pas à extorquer un seul mot sur les braquages et les voleurs d'œuvres d'art. Cela fait maintenant des mois que je boulonne pour la compagnie du Fujian et je n'ai toujours aucune information à apporter à Finville.

Pas de commanditaire en vue. Le chef de gang parisien, le patron de Chan qu'il me demande de cibler, est toujours aussi invisible.

Finville m'appelle sur mon portable :

– Rejoins-moi à la Cité des sciences dans une demi-heure.

Je démarre mon scooter en direction de la porte de la Villette. Finville m'attend avec son collègue dans un bistrot :

– On a organisé une petite excursion pour ce matin.

Pas le temps de boire un verre avec eux, je monte dans leur voiture en direction de la cité Picasso à Nanterre, entre les barres HLM et les marchés aux fringues. Les deux flics me font entrer dans un immeuble et me guident dans le dédale des caves.

– Mais qu'est-ce que vous foutez ?

On entre dans une pièce à peine éclairée. Finville me demande de m'asseoir sur une chaise avant de m'attacher aux barreaux. Je n'ose rien dire, me laisse faire.

– Nous allons devenir tes nouveaux créanciers.

– Quoi ?

– Te montrer la voie, Thomas, juste te montrer la voie…

Toujours les mêmes métaphores minables. J'ai les mains serrées derrière le dos, les pieds liés aux barreaux de la chaise. Finville allume la radio. Nous sommes tous les trois dans un sous-sol de banlieue. Pas d'affiche au mur, juste un lit au sol et une table près de la fenêtre.

– Mes supérieurs attendent des résultats.

Il sort un gant de la poche de son pantalon. Je vois quelques petites lamelles de métal sur le dessus.

– Dis-moi ce que tu fais, bordel !

Le premier coup de poing m'atteint à la mâchoire. Je n'ai pas le temps de réagir. Le deuxième coup m'atteint à la tempe. Je perds l'équilibre et la notion du temps.

– Tu diras à Chan qu'il te reste une semaine pour rembourser tes dettes…

Le troisième coup de poing me brise le nez et fait gicler le sang.

– Tu diras à Chan que des voyous veulent ta peau.

Le quatrième coup m'explose les gencives.

– Tu diras à Chan que tu vas te lancer dans un braquage inutile pour rembourser ces types.

Le cinquième coup me fait vomir sur ma chemise, je crache des gerbes de sang. Le sixième coup me fait tomber dans les limbes.

– Je fais ça pour t'aider. Thomas, tu m'entends ?

Il me verse un seau d'eau glacée sur la tronche. Mon visage ressemble à une boule de douleur, mes paupières et mes lèvres ont doublé de volume. Finville me frappe encore sur le nez et les yeux, me frappe encore sur la tempe et la mâchoire.

– Je veux que Chan te sauve la mise. Je veux que Chan te fasse entrer dans l'organisation.

Je sens la chaleur s'infuser dans mon crâne et à l'intérieur de mes yeux. Je ne vois plus rien. Une souffrance par vagues, suivant les battements de mon cœur.

– Tu as une chance incroyable de nous avoir rencontrés ! N'oublie jamais ça.

Là-dessus ils prennent leurs affaires et me laissent mariner seul dans la cave.

Je tente de me relever et tombe encore une fois par terre. Je ne sais pas combien de temps je suis resté ici. Mon crâne est sur le point d'éclater. J'essuie mes lèvres et mes yeux gonflés. Je navigue dans un brouillard de sang, allume la lumière et me traîne jusqu'à la porte. La haine me bouffe les entrailles. Je marche dans les couloirs de l'immeuble en essayant d'atteindre la sortie. J'ai récupéré ma veste et mon téléphone portable. Ainsi que mon portefeuille et un semblant de lucidité. Je ressors dans une rue face aux grands immeubles de Nanterre. Le soleil me brûle les paupières, je croise quelques gamins qui me regardent avec dégoût et se préparent à fourguer leur came dans le hall des immeubles. Petit à petit, je me calme. Je réfléchis.

Je sais que Finville me retrouvera partout dans le monde. Pas la peine de partir en voyage. Je ne connais plus personne et la cavale me coûterait tellement de fric que je serais encore obligé de tomber dans les trafics pour payer ma fuite. Je n'ai pas d'autre choix que d'appeler Chan et de lui faire mon cinéma. Je m'assois sur un banc, prends mon portable et décide de composer son numéro, obéissant à Finville comme un gentil chien fidèle :

– Allô ? Chan ?

– Comment va ?

– Pas terrible.

– Qu'est-ce qui se passe ?

– Je suis à Nanterre, faut que tu viennes me chercher.

– Pas de problème.

Une demi-heure plus tard, mon pote gare sa caisse en face des gamins des immeubles, hallucinés de voir une belle Audi dans cette cité minable. Je suis toujours sur mon banc en train de fumer une clope. Le nez en sang et les hématomes bien en évidence. Chan s'approche les yeux grands ouverts :

– C'est quoi, ce bordel ?

– Il faut que je trouve du fric, Chan. Ces mecs ne rigolent pas.

Je lui explique que j'ai perdu de la thune au poker et que je dois rembourser. Je lui explique que j'ai affaire à des truands et que je ne peux pas me débiner. Une heure plus tard, on est chez un de ses copains de Belleville. Un médecin de la vieille école. Le type me pose des compresses et me désinfecte.

– Prenez un peu de morphine pour la douleur…

J'ai le crâne dans un étau et attrape une piqûre pour me remettre.

Chan revient direct sur mes problèmes de trésorerie :

– Thomas, on peut organiser un rencard pour coincer ces enculés.

– Non, Chan, je préfère régler mes dettes.

– Tu disjonctes…

– Passe-moi 20 000 euros et je bosse pour toi les six prochains mois.

Chan se met à réfléchir. Puis me fixe de ses yeux noirs. Sérieux.

– J'ai peut-être une solution pour toi.

– Dis toujours.

– T'es prêt à faire des heures sup ?

– Je suis prêt à tout, Chan.

– Faut que j'en parle à mes potes. Y a des manières plus faciles de gagner 20 000 euros.

13.

Le ciel gris de l'hiver recouvre Paris depuis des semaines, je regarde la télévision. Le Pakistan croule sous les bombes. La guerre civile fait rage en Libye. La Tunisie vit sous la menace des attentats. La France. L'Égypte. L'Angleterre. L'Espagne. Le monde entier a les yeux braqués sur les islamistes pendant que la Chine grandit doucement à l'autre bout du monde. Elle rachète des entreprises et des médias. Des usines. Des laboratoires et des start-up. Des fonds de pension et des boîtes d'assurances. Elle finance le cinéma. L'art contemporain. Construit des musées. Se sert des triades et des mafias pour agrandir le cercle de sa puissance. La nation chinoise. Le monde bascule peu à peu dans le giron oriental. Les économistes parlent de crise, d'effondrement, de faillite : il s'agit juste de son passage à l'âge adulte.

Je réfléchis. Je divague. La solitude me ronge les neurones. J'attends que Chan me lance dans l'arène. J'attends d'entrer dans son organisation. Je me regarde dans la glace et j'aperçois les traces des blessures.

Les cicatrices. Les veines éclatées par les poings de Finville.

La sonnerie du téléphone retentit dans la poche de ma veste. Je regarde l'écran. *Appel masqué*. Je décroche. La voix d'un homme résonne à l'autre bout du fil, un accent chinois :

– Thomas Christo ?

– Oui.

– Il faut que tu viennes place Clichy, dans une demi-heure.

Tout commence maintenant, je ne sais pas où je vais ni ce que je vais faire. L'adrénaline me réveille subitement, comme une décharge électrique. Je dois obéir aux ordres. À peine le temps de m'habiller, de réfléchir, j'emporte ma veste, mon bonnet noir, mon paquet de cigarettes. J'appelle directement Finville pour le prévenir. Une sonnerie, deux sonneries… Je tombe sur son répondeur. Lui laisse un message. Je fais un autre numéro pour prévenir ses collègues de la DGSI. C'est un planton dans un bureau perdu qui me répond :

– Oui ?

– Thomas Christo à l'appareil. J'ai reçu un coup de fil des Chinois il y a deux minutes. Ils m'ont demandé d'aller place Clichy. Faut prévenir Finville.

– Ça sera fait.

Je descends les escaliers en vitesse, remonte la rue noire de monde en direction du métro Belleville. Le froid me fouette le visage, j'évite les passants devant les commerces, les bazars omniprésents dans la rue avec les valises à 5 euros, les fringues que les couturières du Wenzhou fabriquent dans les sous-sols du quartier, les babioles que les commerçants arabes achètent aux Chinois, les cafetières, les ustensiles de cuisine, et les briquets qui vous pètent à la gueule au bout de quelques jours. Je croise les scooters qui zigzaguent à contresens, la population dense, les senteurs d'épices et de viande. J'arrive enfin au métro, un regard pour les inconnus, j'observe autour de moi les hommes et les femmes, un jeune Arabe avec ses écouteurs, casquette et survêtement de rigueur. Je longe le quai et vois le métro ralentir devant moi. Les portes du wagon s'ouvrent. J'entre et m'accroche à la barre, au milieu de la foule. Me rappelle les entraînements à la légion, les réveils à 3 heures du matin, le maniement des armes.

Rester au creux de l'inconnu sans fléchir.

Le métro s'arrête place Clichy, je monte les marches, arrive devant le restaurant Wepler, l'odeur des crêpes sucrées et le Quick, les baies vitrées du fast-food devant le kiosque à journaux. Je remonte ma veste et commence à faire le tour, à scruter chaque détail à dix mètres à la ronde, chaque visage, chaque voiture.

Là, un grand-père avec ses sacs plastique rentre chez lui seul devant le regard blasé d'une gamine. Là encore, une jeune femme en tailleur évite les flaques pour ne pas salir ses talons. Je me tourne vers la librairie, mon regard s'accroche aux titres des bouquins, j'observe dans la vitrine le reflet des passants qui vont et viennent derrière moi.

18 h 30, je tourne en rond depuis un quart d'heure. Les boutiques commencent à fermer. Les lumières de la ville sont allumées partout sur la place.

L'attente est devenue l'horloge de ma nouvelle vie, ma boussole dans la nuit de janvier.

Je repense à ce que m'a dit Finville, en cas de problème : « T'inquiète pas, on te couvre… »

Un homme s'approche de moi, un Asiatique d'une quarantaine d'années, casquette noire, manteau noir, traits ronds, et fine moustache sur les lèvres. Aucune expression sur son visage. Seulement un signe de tête en direction d'une voiture avec les warnings, une Peugeot 306 noire garée en double file.

– Où est Chan ?

Pas de réponse. Je distingue un bec-de-lièvre qu'il essaie de cacher avec sa moustache. Je reste immobile devant le type.

– Toi venir avec moi ?

– Donne-moi une bonne raison. Je veux savoir où est Chan.

L'Asiatique pousse un soupir. Semble aussi surpris que moi de la situation :

– Moi pas savoir. Je dois conduire jusqu'à usine. Moi pas comprendre.

– OK, c'est bon.

Le conducteur, plus âgé, les cheveux blancs, lui aussi asiatique, ne m'adresse pas un regard. Il démarre doucement dans le trafic de la fin de journée. Direction le nord de Paris. On avance dans les embouteillages, au milieu des scooters et des passants qui traversent l'avenue de Clichy dans tous les sens. La peur au ventre. Je ne dis rien, m'allume une cigarette, regarde les travaux de voirie du côté de la mairie de Saint-Ouen, les restaurants allumés, les terrasses de café et les femmes qui allongent le pas à la nuit tombée.

On roule sur le périphérique avant de bifurquer vers l'autoroute A86 en direction d'Argenteuil, encore une demi-heure de circulation dense jusqu'à une zone désaffectée, on approche d'un hangar sur les quais de la Seine. J'aperçois à ma droite quelques péniches amarrées et des carcasses de voiture au milieu des herbes hautes et des chemins de gravier. La voiture s'arrête.

Les deux Chinois m'entraînent dans une vieille cabane de tôle un peu à l'écart. J'entends la rumeur de l'autoroute au-dessus de moi, les ponts qui drainent les centaines de voitures, phares allumés dans la nuit noire. Je passe un grillage, entre dans un cube d'une quinzaine de mètres carrés ; les gouttes de pluie dégoulinent lentement sur nos visages. Il fait dix degrés dans la pièce plongée dans une semi-obscurité.

Le plus jeune me demande de me déshabiller en me montrant un sac en plastique :

– Toi changer vêtements.

– Quoi ?

– Toi enlever vêtements. Mettre ça !

Il me désigne quelques fringues à l'intérieur du sac. Pas la peine de faire traîner les choses. J'enfile un nouveau jean, un tee-shirt blanc, un pull noir imitation

Hugo Boss, des chaussures de ville imitation Azzaro, une casquette et une fausse moustache, des lunettes et une perruque. J'entends une autre voiture s'approcher de notre cabane. Une fois habillé, on ressort.

Une Peugeot 306 noire au milieu du terrain vague. Je me dis que c'est peut-être Chan qui est là.

Non. C'est encore un Asiatique, plus jeune, habillé en costume noir, qui me fait signe de la main pour que je vienne prendre place dans le véhicule à côté de lui. J'obéis. Toujours pas de musique. On reprend la direction de Paris avant de s'arrêter au bout de trois quarts d'heure à la porte de la Muette, dans le 16e arrondissement.

– Toi sortir maintenant…

Le piège se referme. J'ignore la suite des événements. Fallait pas aller en prison. Fallait pas jouer au poker. Ma vie se résume à des mauvais choix et des mauvaises rencontres.

Les badauds sont rentrés chez eux et les rares voitures à circuler passent devant moi sans me remarquer. Je dois saisir ma chance maintenant. Partir. Je sens que tout ce théâtre qui dure depuis deux heures ne présage rien de bon.

Le nouveau téléphone que les Chinois m'ont donné sonne dans ma poche.

– Prends l'avenue Henri-Martin jusqu'au square Lamartine.

Je marche sur les trottoirs de l'avenue bordée par des immeubles haussmanniens. Je baisse la tête à chaque fois que je croise un passant pour éviter de me faire « photographier ».

Encore la sonnerie du téléphone. Cette fois-ci c'est un visage qui s'affiche sur l'écran, la photo d'un Asiatique, la cinquantaine, lunettes et lèvres fines, avec une adresse : 7, rue Mignard.

Je me demande vraiment pourquoi autant de mystère.

J'observe encore une fois la photo. Je ne connais pas ce type. Soudain, un flash. Il s'agit d'un contrat. Je dois tuer cet homme, c'est certain. Mon cœur se remet à battre de plus en plus vite. Je joue le rôle du pigeon. Encore une fois entraîné dans un labyrinthe.

Les minutes passent avec une lenteur infinie, je commence à avoir froid. Les sens en alerte, je vise les caméras de vidéosurveillance au coin de l'immeuble d'en face, tentant de repérer les passants, la rue de plus en plus déserte. La peur est là, omniprésente, s'infuse dans mes veines à une cadence inexorable. La pluie s'insère doucement à l'intérieur de mes chaussures trop grandes. Le téléphone sonne une nouvelle fois et me fait bondir sur la chaussée :

– Regarde sous le troisième banc à ta droite.

Je me retourne vers le parc, quatre bancs en face de moi, je repère le premier. Le deuxième. Le troisième. Évidemment, je ne me suis pas trompé. Scotché sous les lattes de bois, une forme se dessine, un 11,43, le chargeur plein. Et une cagoule noire pour dissimuler mon visage.

Deux solutions : me tirer d'ici ou obéir aux ordres.

Mon téléphone sonne une dernière fois :

– La cible va arriver dans quelques minutes en voiture, va entrer dans le parking de l'immeuble. Tue-le !

– Quoi ?

J'essaie de gagner du temps.

Le mec répète calmement :

– Tue-le et dégage d'ici le plus vite possible.

La trouille me coupe la respiration. Finville ne m'a jamais dit comment réagir en pareille situation. Il s'agit d'un test pour que je gagne la confiance des hommes de Chan. Ce fils de pute a profité de moi pour m'embarquer dans une histoire de meurtre. Finville et Chan sont deux enculés, les deux versants de la même mâchoire qui va me broyer.

En même temps, je me rappelle ma cellule avec Mokhtar, les années qui allaient défiler aussi lentement qu'une horloge dans une maison de campagne, le tic et le tac de l'ennui qui allait me dévorer si Finville n'était pas venu me chercher. Tuer ou aller en cabane. Je n'ai pas envie d'aller en cabane. Finville va me couvrir. Il faut que je me décide, maintenant.

Une Mercedes s'avance doucement devant le parking de la rue Mignard. Tout va se jouer dans quelques secondes.

Je regarde encore une fois les caméras de vidéosurveillance ; une à droite vers le feu rouge, une autre derrière moi, une autre à l'entrée de l'immeuble.

Je prends le risque, c'est parti !

Je mets la cagoule et marche de plus en plus vite, me glisse dans la rue, derrière la Merco qui glisse à l'intérieur du parking.

J'enlève le cran de sécurité du 11,43, avance de plus en plus vite. La porte se referme derrière moi, c'est une partie de mon passé qui défile devant mes yeux, le visage de Lepage, la mort de Lepage, mon appartement de Gennevilliers, Finville, la prison. Je fais le vide dans mon esprit.

Je ne suis plus qu'à quelques mètres de la bagnole qui avance, à cinq mètres, quatre, trois, deux, un. Je suis toujours planqué derrière le pare-chocs, caché derrière le coffre.

Les battements du cœur, la respiration qui s'amplifie. Surtout ne penser à rien.

Je vois le monde au ralenti, comme si j'avais brisé la gangue du temps. J'aperçois mon flingue dans ma main droite, enlève le cran de sécurité. Les reflets du métal brillent sous les néons. J'entends un couple sortir de la voiture à l'arrière.

Je me relève.

Enfin.

Je serre mon flingue entre les mains. Une femme d'une cinquantaine d'années se retourne, je reconnais à côté d'elle le mec de la photo, ma cible. Je vois le chauffeur ouvrir la porte conducteur et allumer une cigarette. C'est lui que je dois éliminer en premier.

Je vise à la tête et appuie sur la détente.

La première balle résonne dans le parking sans atteindre personne.

La deuxième balle perfore le torse du conducteur, qui tombe à la renverse.

Le sang. L'odeur du sang et la mort.

La femme se met à hurler, des cris de terreur dans le parking.

À côté d'elle, l'homme a compris. Il se met à courir et glisse par terre, rampant à toute vitesse sur le sol.

Je me baisse lentement.

La troisième balle éclate un pneu de voiture.

La quatrième percute sa jambe. Le sang coule sur le sol du parking. La cible se met à crier.

La cinquième balle percute une nouvelle fois la jambe. Le mec continue de ramper. Je jette un œil sur le conducteur qui agonise, sur la femme qui hurle dans le parking.

Encore deux balles dans le dos de la cible, j'entends les talons de la femme qui résonnent, me relève, sais qu'il ne me reste que deux balles dans le chargeur. Je tourne autour de la voiture et reviens vers l'Asiatique.

Et tire une dernière balle dans la tête du mec de la photo.

Je n'ai pas respiré depuis au moins soixante secondes. Je regarde la femme à genoux à trente mètres de moi, la porte du parking qui se referme.

Je reviens sur mes pas, sors en prenant les escaliers, me mets à marcher dans la rue, lentement, calmement, tourne à droite, à gauche, de plus en plus calme, discret.

Un homme dans la rue, comme n'importe quel autre passant.

J'ai éteint mon portable et balancé le flingue dans la Seine. Je marche sur le boulevard Saint-Michel, comme un automate, au milieu des touristes qui traînent dans Paris.

Xining m'ouvre la porte de son appartement. Il est 1 heure du matin. Elle me demande ce que je veux. Je ne sais pas quoi répondre. J'avise à peine les meubles Ikea et les quelques clichés aux murs, elle m'entraîne directement dans son salon. Je vois les bouquins étalés sur la moquette, les feuilles griffonnées en chinois. Elle ne me pose aucune question et son silence m'apaise. Elle retourne à sa table de travail en me prévenant qu'elle en a pour cinq minutes. Elle croise les jambes et défait ses cheveux. Elle est la seule personne avec qui je me sente bien. Impossible de rentrer chez moi ce soir. Impossible de prévenir Finville. Mon instinct m'a directement conduit à son appartement. Besoin de son corps, de son parfum. De sa présence. La violence sommeille encore en moi et se transforme lentement en excitation. Je regarde ses mains qui tripotent un stylo, ses jambes, ses yeux. L'atmosphère se fige peu à peu. J'entre dans un monde fait de couleurs et de mots, de petits problèmes quotidiens, un monde fait de douceur et d'innocence, loin du crime et des règlements de comptes.

Xining revient me parler d'un peintre sur lequel elle travaille en ce moment : Zhang Xiaogang. Elle me montre les tableaux de familles chinoises, des portraits de couples séparés par un enfant. Elle m'explique son univers patiemment pour que je comprenne que la Révolution culturelle en Chine a déchiré les liens de la famille. Mao a essayé de bannir l'amour bourgeois, d'en tuer tout embryon chez les communistes. Xining me montre des dessins du peintre et se rapproche de moi. Attire mon attention sur quelques infirmités des visages, comme des blessures, des cicatrices indélébiles creusées dans la peau. Elle me pose des questions sur le romantisme en France. Je ne sais pas quoi répondre, je regarde sa bouche et ses mains qui se rapprochent de moi, j'oublie peu à peu que je viens de tuer un homme, je me perds dans ses gestes. J'essaie de l'embrasser, elle se refuse et se relève. Propose de me faire un thé. Je n'ose plus bouger. Sa douceur est presque tyrannique. Elle continue de me montrer des peintures de jeunes artistes de Pékin, des jeunes types devenus des stars en quelques années. Elle me montre des tableaux de Yue Minjun, des gueules de Chinois hilares, énormes, des caricatures de visages. Elle me raconte que ce mouvement artistique, appelé réalisme cynique, est né sur les ruines du palais d'Été de Pékin dans les années 90.

Je lui demande de répéter ce qu'elle vient de dire.

« Les ruines du palais d'Été de Pékin… »

Elle me raconte que ces peintres chinois vivaient dans les ruines de ce palais détruit.

Drôle de coïncidence.

Xining se rapproche doucement de moi et se love entre mes bras. Son odeur m'apaise et je l'embrasse sur le visage. Sa tendresse calme mon angoisse, ses gestes lents et maladroits. Mais les images de la fusillade viennent hanter mon esprit. Je n'arrive plus à me concentrer, les coups de feu résonnent dans mon crâne bousillé par la peur. Je tente de me contenir et de l'embrasser encore avant de basculer dans les chiottes pour vomir. Je largue mes tripes en continu dans la cuvette.

Xining m'observe à l'entrée de la salle de bains, sans parler. Elle s'approche avec une serviette froide, me lave rapidement le visage.

Je ne tiens plus en place. Il faut que je parte. Je ne tiendrais pas plus de quelques minutes avant de tout lui déballer sur Lepage et la prison et Finville et Chan et l'homme que je viens de tuer.

Je me lève en vitesse :

– Je dois repartir…

Il est 2 heures du matin et ma nervosité me casse la cervelle. La ville s'éparpille en lambeaux, les ivrognes rentrent chez eux, les taxis ramènent les derniers touristes. J'attends encore quelques minutes avant de rentrer dans un bar pour boire un peu d'alcool.

Je dois parler à Finville dans quelques heures à peine.

Au coin des rues Fontaine et Pigalle, je lance un coup d'œil circulaire dans le bistrot : deux vieillards sont en train de jouer aux cartes dans un coin, le serveur lave les premiers verres. Finville est déjà au fond de l'abreuvoir en train de mater le journal, costume croisé, toujours aussi vif et imposant.

– Comment tu te sens ? me dit-il en avalant une gorgée de café.

– Comme un type pris au piège.

– C'est bien, répond-il en affichant son plus beau sourire.

J'ai les dents serrées, les mains moites. Finville laisse passer quelques secondes. Il est déjà au courant de ce que j'ai fait.

– J'ai le nom de la victime. Lin Jue Jei, un homme de la triade 14K en voyage à Paris.

– …

– Il bossait pour Hong Kong. Sûrement un type qui marchait sur les plates-bandes de nos amis. C'est juste un règlement de comptes.

– Tu foutais quoi hier soir ? J'ai essayé de t'appeler.

– Je sais. Mais faut pas s'inquiéter.

Finville garde les yeux baissés sur sa tasse de café :

– C'est nous qui sommes chargés de l'enquête. On protège tes arrières. Tu t'attendais à quoi ?

– Je sais pas, Finville, je sais pas.

L'alcool ne me fait plus aucun effet. J'ai les mains qui tremblent.

– Tu vois Chan à quelle heure ?

– Je sais pas.

– Faut que tu te reposes, alors…

Finville recule sur sa chaise, met la main dans sa veste, et ressort une enveloppe qu'il fait glisser sur la table :

– Voilà 15 000 euros pour les frais.

14.

Je suis un mercenaire français, un larbin chinois, l'ami de Chan Liphong. Je suis un tueur, un supplétif de la police, un indic de Finville. J'ai fait la guerre en Afghanistan et maintenant dans le centre-ville de Paris. J'ai attaqué des barbus et maintenant les hommes de la mafia chinoise.

Je suis avec Chan dans un bar du 17e arrondissement. Les rails de coke ont libéré sa parole. Il est 2 heures du matin et c'est comme une prière adressée à la Chine. Il me fait l'apologie des triades et ne s'arrête plus de parler :

– Les triades sont nées pour défendre la Chine, elles sont nées à cause des invasions mandchoues au XVIIe siècle, des hordes mongoles venues des steppes du Nord pour la conquérir et imposer leur joug.

Il me parle des descendants de Gengis Khan, de ces centaines de milliers d'envahisseurs, de chevaux, de barbares, de nomades déferlant sur Pékin et le fleuve Jaune, traversant la Muraille de Chine, traversant les villes et les campagnes.

– Les triades sont nées à cause de ces massacres, les triades sont une création des patriotes chinois se réfugiant dans les montagnes du Sud.

Toujours les légendes et la mythologie mafieuse. On se croirait en Sicile ou en Corse.

– Des hommes au cœur de pierre, aux membres de fer, des moines Shaolin qui vont créer l'une des mafias les plus puissantes, la plus vaste, la plus ancienne…

Moi je ne pense qu'à lui demander le nom de celui qui dirige son organisation. Le commanditaire des vols d'œuvres d'art et des meurtres. Le patron.

– C'est pas ton problème ! il me dit en continuant de faire l'historique des sociétés secrètes.

Il fantasme les triades comme les Siciliens rêvent de Cosa Nostra. Je me dis que c'est pareil au Mexique ou en Colombie avec les gamins des bidonvilles. J'imagine les petites frappes qui brûlent d'entrer dans la mafia chinoise. Ils veulent du fric et racontent que c'est comme une religion. Une famille.

Chan se reprend un rail de coke en vitesse. Un lyrisme en plastique :

– Les hommes des triades vont se cacher pendant des siècles dans les villes et les campagnes, recrutant des paysans, des artistes, des commerçants, des pirates, des clochards et des voyous réunis autour d'un seul objectif : faire revenir sur le trône les descendants de l'empire Ming.

Chan me parle de franc-maçonnerie impériale, de tradition philosophique, d'une manière de voir le monde, une hiérarchie, une famille, le tout fondé sur le secret, la clandestinité et le mensonge.

– Tu vois la France en 1942 ? Eh bien t'as une idée de la Chine au XVIIe siècle… Les triades sont les frères des résistants allant se cacher dans le maquis pour défendre la nation, qu'il me dit en me prenant par le cou. Un ramassis de voyous, de repris de justice, d'instituteurs, de commerçants, de postiers, de policiers, d'aristocrates et de paumés, des riches et des pauvres, des femmes et des hommes lancés dans le maquis à cause des envahisseurs étrangers. Nous appelons triade ce qui forme le cœur de la nation chinoise…

Il me parle de la République de Chine fondée en 1911 par des hommes des triades : Sun Yat-sen et Tchang Kaï-chek. Je tente de savoir si Chan connaît l'initiation et tout l'attirail des truands chinois :

– Tu fais partie des triades ?

– Pas du tout ! me répond-il avec un sourire en coin, celui de la frime et de la fausse modestie.

Chan est intarissable. La poudre blanche lui déchire les neurones. Il me parle maintenant de l'histoire de France, des trafics de notre État avec les maîtres de l'opium pendant plus d'un siècle.

– La France était le premier trafiquant d'opium au début du XXe siècle. Tes présidents, les Paul Doumer et tous les autres, ont trafiqué l'opium avec les triades !

Je me fous de tout ça, la seule chose qui m'importe, c'est le nom du patron chinois. Du commanditaire. Mais Chan continue de m'expliquer que notre destin colonial est lié aux champs de pavots des hauts plateaux de l'Indochine, au bord du royaume de Siam.

Il me parle de la chaleur d'Hanoi à la fin du XIXe siècle, de notre emprise sur le trafic mondial de la drogue :

– Après avoir construit les routes, les hôpitaux, les chemins de fer et les écoles, la France s'est convertie à l'opium. Après avoir éduqué et formé la population chinoise au progrès et à la supériorité morale de la France, celle des Jules Ferry et des Victor Hugo, elle a décidé de légaliser l'opium, de le produire et de le vendre.

« La Régie de l'opium est créée en 1881, la plus grande entreprise d'Indochine, finançant plus de vingt-cinq pour cent du budget de cette colonie à des milliers de kilomètres de la France. Nous sommes à l'âge d'or français, un empire régnant sur tous les continents. Nous sommes à l'époque de Paul Doumer, le président de la République qui sera assassiné par un extrémiste russe au début des années 30.

« Il construit la première raffinerie à Saigon en 1899 afin de transformer la résine indienne en opium à fumer. Doumer réduit les déficits, augmente les recettes, règne d'une main de fer sur un pays gigantesque pendant plus de sept ans. Il est l'incarnation de la IIIe République. Un radical-socialiste. Un humaniste. Le plus grand trafiquant de came que la France ait jamais connu ! me dit Chan avec un certain mépris dans la voix.

– Pourquoi tu parles comme ça ? je lui réponds un peu vexé. T'es plus français maintenant ? Tu te prends pour un Chinois ?

Mais pas la peine de le ramener à des conversations logiques. Dans dix minutes, je ramasse sa cervelle à la petite cuillère.

– Tu comprends pas ! Pendant la guerre d'Indochine, dans les années 50, la France a continué de travailler avec les triades en achetant les cargaisons d'opium au nord du pays. Ton gouvernement a toujours adoré les Chinois.

Chan commence à me fatiguer. Je fais semblant de m'intéresser à ses arguties et il déroule en continu :

– En 1949, les maoïstes ont chassé les triades à Hong Kong et à Macao, à Taïwan et dans tous les navires en partance pour l'étranger. Mais les militaires américains, anglais et français se sont servis d'elles pour parfaire leur connaissance du pays. Les triades sont les plus anciennes alliées de l'Occident. Et tu vas voir, les Français vont recommencer le business avec elles. La France est ruinée, mon vieux, et elle a besoin des triades. Tu ne te rends pas compte ! Les mafieux achètent toutes les usines dans le Hubei et la Mandchourie, les terrains, les immeubles et les nouvelles franchises. Je te parle même pas des œuvres d'art. Les triades sont les multinationales les plus puissantes du monde, elles sont le bras armé de la Chine, les yeux et les jambes de Pékin en Europe et en Amérique.

– Un peu comme les Russes, je dis pour essayer de lui faire plaisir.

Chan me regarde à moitié déçu :

– T'as vraiment rien compris ! La Chine n'a rien à voir avec Poutine et les mafias russes. Je te parle des triades, bordel ! D'une philosophie plusieurs fois centenaire, du cœur de la civilisation chinoise.

Le froid me mord le visage, je marche de plus en plus vite pour rejoindre un bâtiment à moitié pourri entre les puces de Saint-Ouen et le périphérique, une salle de boxe où s'entraînent les Asiates et quelques Blacks de la porte de Clignancourt. Je suis au service de Chan Liphong. Chan Liphong est au service de ses amis chinois.

Les murs sont recouverts des posters de Mohamed Ali et Mike Tyson, de Bruce Lee et Sugar Ray Leonard. Nous sommes la mondialisation à l'œuvre dans Paris. La culture chinoise et américaine sur les rings du 18e arrondissement.

Je regarde les punching-balls à ma droite où quelques gamins s'entraînent déjà, les haltères et la sueur qui s'évapore depuis les premières lueurs de l'aube. Cent mètres carrés de muscles et de violence, une salle de boxe, avec les taches de sang et les visages tendus à l'extrême.

Depuis quelque temps déjà, nous allons avec Chan dans les galeries et les plus beaux restaurants de Paris. Chan ne me donne toujours aucune info sur les commanditaires. À peine quelques mots. J'ai entendu parler d'un certain Li Wan sans être sûr d'avoir bien compris son nom. Il dit :

– C'est lui le parrain. Le commanditaire. Le boss. Il connaît tous les types importants à Pékin, les hommes politiques, les chefs d'entreprise…

– Qui ça ? La Won ?

Mais Chan refuse toujours d'aller plus loin dans la conversation :

– Ce mec est le plus intelligent d'entre tous. Il est né dans les campagnes pauvres du Nord.

– Où ça ?

– En Mandchourie.

– Mais tu ne m'avais pas dit que ces gars-là étaient les envahisseurs ? Que les triades s'étaient rebellées contre les Mandchous ?

– Si, et alors ?

– Je comprends plus rien. Si ce mec vient de cette région, il ne peut pas faire partie d'une triade, si ?

Chan me regarde avec mépris :

– Qui t'a dit que le patron faisait partie d'une triade ?

– Je sais pas. J'avais l'impression que…

– Pas du tout !

Chan me parle comme à un gamin de dix ans. Il me livre ses confidences avec précaution :

– Ce type est en train de monter une organisation nouvelle. Il bosse avec les « princes rouges », les oligarques chinois. Ceux qui veulent renouer avec les empereurs du passé.

– Je comprends pas.

– Renouer avec les empereurs. Pas mal de politiciens veulent faire la synthèse entre les anciennes dynasties et le communisme. Ils veulent rattraper le temps perdu. Reprendre le fil de l'histoire chinoise. Et rapatrier les œuvres d'art du palais d'Été est l'une de leurs plus grandes préoccupations.

J'ai donc rendez-vous avec Chan dans cette salle de boxe, à Paris. Il est en train de s'entraîner sur le ring, alors j'avance directement vers le vestiaire, enfile mon short et mes tennis, mes gants et mes chaussettes.

Il me voit arriver les nerfs à vif, sans protège-dents, les crocs bien en évidence.

– Ça va, mon pote ?

Pas le temps de bavasser, de dire bonjour, je commence à sautiller doucement, à me chauffer les muscles, les poings serrés, les étirements et la préparation.

Chan recule d'un pas. Il est 10 heures du matin et le combat peut commencer.

Je tourne autour de lui, mais il se dégage et me frappe au visage en douceur, une fois, deux fois, trois fois. Je commence à avoir des étincelles dans les yeux.

Il est plus souple et plus agile, je suis plus résistant et plus lourd.

On tourne chacun autour de l'autre, on s'observe et on s'évite avec des pas rapides, des coups dans le vent. Je me sens en pleine forme, l'adrénaline monte doucement, je frappe sur les côtes, sur la tempe, un crochet droit, un crochet gauche, Chan recule vers le coin du ring, baisse la garde et me fait un petit clin d'œil, me lance un direct du droit sur la pommette gauche, un crochet sur la tempe, j'esquive et recule, fais marcher mes jambes en accéléré. Il se rapproche de moi pour me parler à l'oreille :

– Y a du monde dans les tribunes aujourd'hui…

Pas le temps de gamberger, ni de répondre. Chan recule d'un pas, tente de se dégager de mes attaques rapides, une allonge sur le nez, un crochet sur sa tempe, encore. Il vacille quelques centièmes de secondes et se remet à défendre.

Je frappe sur les côtes, la tête, les gants. Il recule encore, m'évite, toujours plus vif. Il me fait un signe de la tête vers la droite :

– Regarde un peu qui est là !

Je continue de frapper mais il insiste. Je tourne la tête.

Un type est posté avec les bras posés sur le ring. Tranquillement en train de nous regarder. Je comprends tout de suite qu'il s'agit de Li Wan en personne. Le grand manitou. Le pharaon de Mandchourie.

Je m'arrête net : le mec me fait un petit signe de la main avec un sourire.

Au même moment, le crochet de Chan m'atteint en pleine mâchoire. Je tombe à la renverse, assommé, distrait par la présence du grand maître.

J'entends à peine les rires et les messes basses, les chuchotements et les phrases en chinois sur mon passage alors qu'on me transporte dans les vestiaires.

Je reprends peu à peu mes esprits avec un seau d'eau glacée sur la tronche. J'ai les gencives en sang à cause des coups de Chan, la lèvre fendue, les neurones amochés après mon KO de quelques minutes. J'ouvre les yeux : Chan et Li Wan sont en train de se marrer.

– Ça va, mon pote ?

Je ne dis rien. Je serre les dents. Je sens mon visage gonfler à vue d'œil. Les pommettes et les blessures.

– Salut Thomas Christo, ça me fait plaisir de te rencontrer.

Je ne sais pas quoi répondre. Je tente de sourire comme je peux. Les étoiles virevoltent dans mes yeux. J'ai en face de moi le patron de l'organisation.

– Tu fais quoi les prochains jours ?

– …

– On prépare un gros coup et j'aimerais que tu sois de la partie.

15.

Une semaine plus tard à Fontainebleau, sur la route en direction du château, dans une Mercedes noire volée pour l'occasion, je suis au côté de Chan, une cagoule sur le visage, les battements du cœur sous le gilet pare-balles ; je sens monter l'adrénaline dans mes veines. Le silence dure depuis une heure.

4 heures du matin à soixante kilomètres de Paris, le début d'un printemps humide s'écrase sur les arbres et les murs de la ville, s'étend comme une onde de chaleur dans la nuit.

La peur me tient au ventre : Finville n'est pas au courant de notre expédition. Pas eu le temps de lui donner l'info :

– On va braquer le musée chinois du château de Fontainebleau.

Chan m'a embarqué direct pour une mise au vert à la campagne. Pas de téléphone, pas d'Internet, impossible de joindre mon contact de la police.

« Vous embarquez le cheval de Jade et la couronne du roi de Siam », nous a dit Li Wan dès le départ.

Pas le temps de réaliser ce qui se passe que je suis déjà dans la Mercedes 400 SL qui descend la rue Royale. Les dernières consignes du boss chinois : « Hors de question de vous faire prendre. Une deuxième équipe vous soutient en cas de coup dur, vous tirez à vue sur la flicaille. »

Li Wan. La clé de toute l'organisation. Un homme étrange, loin du parrain que je m'étais imaginé. Il se déguise en homme simple. En Chinois lambda. En petit comptable de province. En binoclard sans charisme qui ne regarde jamais son interlocuteur en face. Il a une voix monocorde et fade, des yeux fuyants. Même ses fringues ne sont pas des plus tendance. Costume élimé et chemise à carreaux. Pompes Bata et montre Casio au poignet. Pas de bague. Pas de flingue. Pas de flambe ni de vice apparent. Un type invisible pour les radars de la police. Un fantôme.

Nous sommes maintenant à l'arrière du château de Fontainebleau et Chan me lance en chuchotant :

– On y va !

On respire la puissance du printemps, glissant sous les arbres centenaires, les réverbères, avançant doucement jusqu'au muret, regardant de tous les côtés pour vérifier que nous ne sommes pas suivis.

Les grilles se rapprochent, sombres derrière la masse des feuillages et la nuit noire. On les contourne, Chan envoie le filet sur le mur d'enceinte et on commence à monter sur le rebord. On bascule dans le jardin avant de s'arrêter quelques instants sur l'herbe, comme surpris de la facilité des gestes.

J'ai de plus en plus de mal à respirer à cause de la cagoule qui m'enserre le visage. Je m'attends au pire, me dis que l'accueil risque de ne pas être des plus amicaux. Me demande même si le zèle des gardiens ne risque pas de faire des dégâts.

Une centaine de mètres nous séparent du bâtiment. L'herbe sèche craque sous nos pas, les brindilles et les morceaux de gravier. Nous sommes devant la porte des résidents du château. Chan s'avance avec son rossignol et l'insère dans la serrure, le cliquetis résonne à peine.

Je me passe la main sous la cagoule pour essuyer les gouttes de sueur. La température monte encore de quelques degrés.

On traverse le couloir le long des chambres des conservateurs et des guides endormis, passant les portes une à une. Je m'attends à chaque instant à voir surgir les uniformes, à entendre l'explosion des armes et les hurlements de la police.

J'imagine déjà la réaction de Finville en cas de flagrant délit. Qui sait, les flics disposent peut-être d'une autre taupe et sont déjà au courant de l'opération ?

On ressort dans le jardin. Encore le bruit des graviers sous les semelles.

Pourvu que tout se passe bien.

Chan me fait signe d'avancer plus vite. On descend de l'autre côté de la bâtisse, dans les coursives du château.

Nous voilà dans la cour Ovale. Chan fracture la porte de bois, on entre à l'intérieur d'un long couloir.

Nous sommes enfin devant le « musée chinois ».

Une salle rectangulaire d'une centaine de mètres carrés entreposant les trésors du palais d'Été de Pékin pillés par les Français en 1860. Les derniers restes des empereurs Ming.

La beauté des lieux est impressionnante. Je vois un palanquin, des émeraudes et des porcelaines, je passe devant des panneaux laqués rouge et noir, et me retrouve tout à coup face à la couronne du roi de Siam, saphirs et diamants disséminés sur les feuilles d'or.

Je suis ébloui par tant de splendeur, contemple quelques secondes les deux dragons de corail au milieu de la bibliothèque, les pinceaux de jade et le presse-papiers en cristal de l'empereur Kangxi. Mon regard se perd au milieu des bijoux Qianlong. Je passe à côté des broches et des bagues, des colliers en saphir et sous le plafond où les figures peintes de Bouddha nous surplombent. Ce sont des centaines de millions d'euros de bijoux impériaux, des pièces d'à peine deux centimètres sur trois. Les vitres se brisent au contact des marteaux, les pics de montagne font exploser les protections. L'alarme silencieuse s'est déclenchée depuis longtemps, et je sais que les flics peuvent surgir à n'importe quel moment.

On finit de remplir nos sacs avec les diamants et les saphirs des colliers d'Indochine, les chevaux de Jade brillants, les colliers en or et rubis, avant d'effacer nos traces avec des extincteurs, éparpillant la neige carbonique partout dans la salle.

L'opération a duré à peine douze minutes et aucune mauvaise surprise à l'horizon.

Non. Rien de tout ça.

La nuit se coule dans l'indifférence la plus totale.

Li Wan nous rend visite le lendemain à la planque de Meudon. Pas de champagne ou de soirée au programme.

Un sourire en guise de félicitations, et une enveloppe avec plus de cent mille euros à l'intérieur.

– Pourquoi t'as rien fait pour me prévenir ?

On est vingt-quatre heures après le casse, dans un café du 9e, et Finville s'énerve comme un chien enragé.

– Je comprends pas. Tu restes deux jours à préparer le casse et pas une minute pour me passer un coup de fil ?

Je fixe ses yeux noirs sans ciller :

– J'étais dans une planque dans la forêt de Meudon, je suis vraiment désolé. Les portables étaient interdits.

– Ne recommence plus jamais un truc comme ça.

– Je te jure que c'est vrai ! Pas moyen de t'appeler ! J'avais pas envie de prendre de risque.

Finville ne me croit pas. Mais se calme très rapidement et récupère toutes les informations disponibles. L'adresse de la baraque à Meudon. Les plaques d'immatriculation des bagnoles de Li Wan et de ses sbires. Les moindres détails sont importants.

– T’as touché combien pour l’opération ?

– Trente mille euros.

Finville ne dit rien. Aucun geste qui puisse trahir ses émotions.

16.

– Un petit voyage en Chine, ça te dit ?

– Quoi ?

– T'as très bien entendu.

Un mois plus tard, je suis avec Chan dans un restau de Saint-Germain-des-Prés. Il me lance la nouvelle avant même de commencer l'apéro.

Mon pote me propose d'aller sur les traces de Marco Polo, de rencontrer les arrière-petits-fils de Gengis Khan, des Mandchous, des Han, fondateurs d'une civilisation plus vieille encore que celle des Égyptiens.

Je commence à rêver, m'imagine découvrir les mausolées sombres et les anciennes tombes impériales. Voir la vérité derrière les visages des commerçants du 13e arrondissement de Paris, tous ces Chinois de Belleville et d'Aubervilliers, voir les parents et les sœurs et les frères des gueules de nouilles, ces petits malins au teint clair qui complotent en ce moment même dans les coursives de la Cité interdite et qui attendent patiemment de redevenir les hommes les plus puissants de la planète.

– Je pars quand tu veux !

À la sortie du restau, j'annonce directement la nouvelle à Finville. Mais cet empafé refuse tout net que je mette les pieds en Asie :

– Sale traître ! qu'il me dit en serrant les dents de méchanceté.

Le flicard se met à m'insulter, à me traiter de puceau, navré de me voir m'enthousiasmer pour un pays de dictateurs et d'hypocrites.

– Tu délires, mon pote ! Tu n'iras jamais en Chine. Il est hors de question que je prenne ce risque-là ! Tu m'as déjà fait une belle escroquerie sur Fontainebleau, alors pas la peine d'insister.

Ce connard veut que je refuse la main tendue par le grand manitou. Je bluffe un tout petit peu pour forcer le destin :

– Mais c'est Li Wan qui me l'a demandé !

– Rien à cirer ! Tu n'as même pas de passeport. Arrête de t'emballer !

Je change de stratégie, commence à m'adoucir, un brin de pragmatisme ne ferait de mal à personne, je tente de le convaincre avec des arguments plus sérieux :

– C'est une occasion en or ! Je vais perdre du crédit si je ne peux pas accompagner Chan à Pékin.

– Non, tu n'iras pas chez les bridés ! N'oublie pas que tu m'appartiens. Et je ne sais même pas ce que tu vas faire là-bas.

– Je te raconterai tout ça à mon retour. Et puis c'est ce que tu voulais, non, que je rencontre les vrais patrons ? C'est certainement là-bas qu'ils se planquent, tu crois pas ?

Les palabres durent pendant des jours. Je tourne autour du pot avec Li Wan, qui m'invite dans un restaurant asiatique au sud de Paris. Un truc coréen avec des algues et plein de végétaux et des grillades et de l'alcool de riz. Je fais peu à peu connaissance avec la bête. Un Li Wan de gala, pour une fois bien habillé, les ongles taillés, les mains fines, qui s'essuie la bouche à chaque gorgée de bière :

– Alors, c'est bon, tu pars avec nous ?

– Oui, oui. C'est juste un problème de passeport, il faut que j'aille voir la préfecture.

Un petit rictus de méfiance sur le visage du Bouddha sanguinaire. Le truc, c'est que j'ai des micros planqués sous le cul et dans les poches. Alors c'est dire si je me sens à l'aise.

– OK, mais faut que tu sois prêt dans quatre jours.

J'invente des énormes bobards à Finville :

– Il paraît que je vais rencontrer du beau monde à Pékin. Des gars de la haute administration, peut-être même les commanditaires de vols en personne.

– Te fous pas de ma gueule ! J'ai rien entendu sur les enregistrements. Je t'ai déjà dit que tu bougeais pas de Paris, arrête de m'emmerder !

– Mais je vais pas faire le goujat, faut être poli tout de même.

– Non !

Je suis sur le point de faire mon deuil lorsque soudain Chan se pointe dans mon appartement avec un sourire et une bonne nouvelle :

– J'ai trouvé un moyen de te faire un passeport dans la journée, il suffit de parler aux bonnes personnes.

Finville est coincé et il le sait. Il ne pensait pas que Chan allait me dégoter un faux passeport aussi rapidement.

Je jubile intérieurement. Je prends le parti des Chinois. Je me rapproche de Chan et de Li Wan. Cent mille euros et un voyage à Pékin font pencher la balance du côté jaune. Je les remercie de me faire confiance. Je bascule en douceur du côté de la puissance Han.

Je retrouve le soir même Finville dans un café de Pigalle. Le type est en rogne, ça se voit. Il est hors de lui, jaloux, mesquin et rabat-joie :

– Je te rappelle que t'as buté un type il n'y a pas si longtemps. Ne t'avise pas de déconner ! Tu veux partir chez les bridés, OK, mais je veux que tu contactes un mec de l'ambassade dès ton arrivée à Pékin et que tu le briefes sur tout ce que tu vas faire, c'est pigé ?

– Tu me connais, je suis un bon petit soldat obéissant et tout et tout…

– Recommence pas !

Discussion terminée, trois jours plus tard je suis à l'aéroport Roissy-Charles-de-Gaulle avec Chan, tous frais payés, devant l'Airbus A320 qui va nous jeter dans la fourmilière chinoise. Je regarde mon passeport contrefait, une beauté de copie :

– Tu connais bien Pékin ? je lui demande avec une petite boule au ventre.

– Un peu, me répond-il en ouvrant une fiole de whisky. Tiens, prends ça ! Ça va nous détendre un peu les nerfs.

Il ne me dit pas clairement ce que nous allons faire au pays de Mao et de l'empereur Qianlong. Juste quelques phrases un peu connes pour me foutre les jetons :

– Tuer un homme pour en terrifier mille, me dit-il en obliquant vers un tabac.

– Qu'est-ce que tu me chantes ? Tuer un homme pour en terrifier mille ?

Chan ne répond pas et se marre doucement en entassant les cigares Cohiba dans sa veste Armani, déjà un peu bourré. Je le suis dans le dédale des corridors et préfère ne pas me perdre en conjectures, ne pas me pourrir le voyage avec des mauvaises ondes.

Surtout que Chan me fait la surprise de m'embarquer en business class, avec des hôtesses adorables qui nous cajolent comme des premiers ministres.

Chan et moi n'arrêtons pas de picoler en bouffant du foie gras et des feuilles de salade, regardant des films pendant les onze heures que dure le trajet sans réussir à dormir. Les premières images de la Chine ? Un tarmac en béton, un bruit sourd et un mal de crâne en technicolor.

Nous sortons de l'avion complètement déphasés et récupérons dare-dare nos bagages pour prendre aussitôt après la direction du centre-ville. Je regarde les périphériques de Pékin et ses immeubles sales, ses avenues gigantesques, ses embouteillages de malades, ses berlines allemandes et ses vieilles japonaises à la carcasse déglinguée. Une ville prise de convulsions, de folie furieuse, avec de la fumée grise autour qui tourne et entre dans nos poumons en sifflant, un ciel de soufre, une odeur de soufre, un brouillard persistant aussi crade que les tuyaux d'échappement et les cheminées d'usine à charbon plantées autour de la ville comme des miradors.

– Bienvenue au XXIe siècle, me dit Chan en ouvrant la vitre du taxi pour fumer une cigarette.

Visuellement, j'ai juste l'impression d'être dans une banlieue sauvage au nord de Marseille, avec ses HLM et les vêtements qui pendent aux fenêtres, les peintures grises des buildings, la fumée grise de la route, le ciel gris, un monde gris, comme les cercles du purgatoire, le sixième périphérique, le cinquième, quatrième, troisième, deuxième. Le chauffeur de taxi crache plusieurs fois par la fenêtre ouverte, ses glaviots tombant à quelques centimètres des passants sur le trottoir. Des jeunes femmes nettoient leur linge sur des baquets de pierre dans la rue. La saleté est omniprésente.

Nous posons enfin nos culs dans un hôtel quatre étoiles à côté de la Cité interdite, mais pas le temps de nous reposer :

– On va faire un peu de tourisme avant de passer aux choses sérieuses.

– Pas de problème.

Nous n'avons pas dormi depuis une vingtaine d'heures mais l'adrénaline fait des merveilles, et l'alcool aussi. On descend immédiatement dans les ruelles minuscules des *hutongs*, le vieux quartier au centre de Pékin :

– Je connais un petit restau par ici, le meilleur du centre-ville !

Nous déambulons dans les venelles, au milieu de l'odeur des Baozi et des crêpes épaisses que les marchands vendent pour moins de 20 centimes. Nous marchons au moins une heure, regardant les joueurs de mah-jong et de go perdre leur temps devant les portes rouges et les fils électriques entremêlés sur les toits.

– Attends. J'étais sûr qu'il était dans cette rue !

Chan commence déjà à me taper sur le système, avec ses phrases qu'il répète dix fois par minute :

– Putain, c'est dingue comme ça change vite ici !

On se noie très vite dans la puanteur de viande grillée, de tabac froid. Je regarde des fruits énormes et des poulets enfermés dans des cages, au-dessus de poubelles éventrées et de détritus abandonnés sur l'asphalte. Les Chinois n'arrêtent pas de cracher, on dirait un sport national. Ils balancent tout dans la rue, l'huile de cuisson, les plastiques, les paquets de clopes, les journaux. Au milieu d'une foule hallucinante. Ça se bouscule sans jamais s'excuser et quand ils parlent, on dirait qu'ils s'engueulent. Les odeurs sont insupportables, un mélange de pollution et de produits chimiques, de galettes de légumes grillés et de sueur.

Nous faisons des petites siestes dans les bars et les taxis, ronflant comme des bêtes devant des Chinois en tee-shirts sales, hurlant dans les embouteillages, insultant les collègues, sinuant dans les immenses boulevards. Les serveurs nous envoient les plats de piments rouges devant la gueule sans cérémonie, sur des tables pas nettoyées. Les mecs à côté de nous aspirent leur soupe au niveau du bol, avec un bruit dégueulasse. Chan balance ses billets comme un Américain dans les bordels, se fait aimer de tous ceux que nous croisons, avec des combines à la noix pour choper quelques amphétamines. Le vacarme ne s'arrête jamais, les scooters klaxonnent, les bagnoles klaxonnent, les bus, les camions, la ville est un immense bruit de klaxon. J'ai tellement mal au crâne que j'arrive à peine à suivre la cadence de Chan.

Nous déambulons dans les bouis-bouis jusqu'à la nuit tombée à écluser les alcools de riz, à goûter le pain au riz blanc et les ailes de pigeons frits. Chan m'emmène dans les parcs splendides de Pékin, une hallucination en plein centre-ville, avec des silences ahurissants et des femmes qui chantent à la gloire de Mao, accompagnées par un harmonica et un accordéon. Je regarde les vieillards sous les pagodes chanter l'hymne communiste, j'entends les paroles du Grand Timonier sortir des bouches des « pleureuses ». À peine le temps de m'endormir dans une salle de concert rock avec des types à crête, ambiance punk des années 80, guitares électriques et nanas pratiquement à poil, que nous repartons déjà dans les taxis jaunes en direction d'un autre quartier.

Pékin est d'une modernité hors du temps, un mélange des années 50 et des années 2000. Pas d'urbanisation, pas de plan, le chaos intégral, sans aucune harmonie. L'amphétamine que Chan a chopée à des clodos commence à lui délier la langue. Il se lance dans des théories superbes sur la Chine et son histoire :

– Tu sais pourquoi il n'y a pas de vieilles villes comme en Europe ici ? Parce que l'architecture ne connaît que le bois, les matériaux fragiles qui ne résistent pas au temps. Ce n'est pas comme à Paris ou à Rome, avec les pierres et le ciment. Il suffit d'une étincelle pour mettre le feu aux plus anciennes cités chinoises.

Pékin est un monstre superbe, une chimère, un bordel sans nom dans lequel se mélangent les immeubles les plus laids et les pagodes admirables. Nous errons le matin sur les pavés de la place Tiananmen, rôdant autour des soldats robotisés et du portrait du dernier empereur.

Mao, Mao, Mao.

Je suis émerveillé par le grand homme et les étoiles rouges qui scintillent partout sur les drapeaux chinois.

Nous entrons dans le mausolée, avec la foule de touristes et une file d'attente aussi longue que les avenues qui quadrillent la ville. Je vois pour la première fois le visage du diable en personne, les rondeurs et le petit grain de beauté aussi célèbre que celui de Marilyn Monroe.

– Faut que tu comprennes. Avant que le communisme arrive ici, c'était un peuple déchiré par un siècle de guerres civiles et d'humiliations. Mao a redonné de la fierté à ce pays, et ça, c'est inestimable.

Il me dit que Mao est un génie et que les génies sont toujours au-dessus de la morale. Chan n'est même pas né en Chine mais me bourre le crâne avec les subtilités de l'histoire de ce pays. Il me fait l'apologie de la dictature, chante les louanges du pouvoir autoritaire qui prétend que la démocratie, c'est un truc pour les peuples occidentaux.

Nous sortons du mausolée, jetés dans les galeries où les tee-shirts, les badges et les casquettes à l'effigie de Mao se vendent par milliers. C'est une rock star. Le prince rouge des Mandarins. Mao est un dieu industriel. Un manager génial. Une idole. C'est pas pour rien qu'Andy Warhol a fait son plus beau tableau avec lui.

Il est le Napoléon des Han. Légende et cruauté.

La fatigue avale mes neurones par millions et j'ai besoin de faire un break. Je demande à Chan si nous pouvons nous reposer à l'hôtel, dormir quelques heures avant de continuer la balade.

– Tu déconnes ! On ne va rester que quelques jours, faut en profiter, mec !

Il arrête encore une fois un taxi dans une rue surpeuplée. Je ne comprends rien aux affiches ni aux panneaux autour de moi, je ne comprends rien aux discussions enflammées de Chan avec un chauffeur dans une vieille Subaru des années 70. Il se retourne vers moi avec un sourire heureux sur le visage, un vrai sourire de taré :

– Li Wan est vraiment un gars bien…

– Quoi ?

– Je te parle de Li Wan.

– De qui ?

– Notre patron, Li Wan. Tu m'as demandé cent fois ce qu'il faisait en France, ses réseaux, ses contacts. J'ai vraiment cru au début que tu bossais pour les flics, je te jure ! Mais maintenant je peux te faire confiance.

– C'est sympa.

Je l'écoute à moitié tellement la came est en train de brûler mes veines, incapable de poser des questions précises à Chan parce qu'à ce moment-là moi aussi je suis vrillé dans les hautes sphères, cassé en morceaux par le décalage horaire et toutes ces saloperies que Chan m'a refilées depuis qu'on est partis.

Nous sortons du taxi devant d'immenses pagodes. Nous sommes au nord de Pékin et nous voyons la file d'attente des touristes longer les lacs et les bâtiments démesurés.

Nous sommes devant le palais d'Été de Pékin reconstruit par l'impératrice Cixi en 1902.

Nous avons quitté la pollution et les avenues grises, le ciel au-dessus de nous est bleu, pour la première fois. Je titube au bord des grands lacs, nous sinuons autour du bateau de marbre, du palais de la Bienveillance et de la Longévité, ce sont des pages d'histoire que je dévore en marchant dans ce palais, réplique exacte de celui détruit par les Français quelques décennies plus tôt. Je traverse les ponts de jade et les jardins de l'empereur.

Chan est totalement défoncé et je tente une dernière fois :

– Il est temps de rentrer, mon pote.

Mais il ne m'écoute pas, m'entraîne sous les pins et les saules pleureurs.

– Tu sais quoi ? me dit-il en jetant sa bouteille d'alcool dans le lac. On va reprendre un petit remontant.

– Arrête tes conneries, Chan, je crois qu'on est assez chargés comme ça.

Il gobe un nouveau cachet blanc. Mais moi je m'allonge sur le sol pour reprendre mon souffle, me réveille plus tard dans la nuit, et aperçois Chan à côté de moi en train de griller une énième cigarette.

– Ça va, mon pote ?

– Ouais.

– C'est les Français qui ont brûlé le palais d'Été. À peine quelques centaines de soldats étrangers qui réussissent à détruire une armée de Chinois.

– Il y a un truc que je comprends pas, je dis à Chan. C'est pas les Chinois qui ont inventé la poudre ? Comment ils ont pu perdre aussi facilement ?

– Ces cons se servaient de la poudre uniquement pour les feux d'artifice.

– Évidemment…

Chan a des cernes noirs, les mâchoires qui claquent.

– T'as déjà lu la lettre de Victor Hugo sur les massacres ?

– Non.

Et là je le vois prendre son téléphone portable à 5 heures du matin pour me sortir une lettre du poète.

– Tu vas pas me lire du Victor Hugo à cette heure-ci, tu dérailles !

– Mais si, justement ! Écoute ça !

Chan prend une voix de stentor, et fait des grands gestes de la main :

– « Il y avait, dans un coin du monde, une merveille du monde. C'était une sorte d'énorme modèle de la chimère, si la chimère peut avoir un modèle. Bâtissez un songe avec du marbre, du jade, du bronze, de la porcelaine, charpentez-le en bois de cèdre, couvrez-le de pierreries, drapez-le de soie, faites-le ici sanctuaire, là harem, là citadelle, mettez-y des dieux, mettez-y des monstres, vernissez-le, émaillez-le, dorez-le, fardez-le, faites construire par des architectes qui soient des poètes les mille et un rêves des mille et une nuits, ajoutez des jardins, des bassins, des jaillissements d'eau et d'écume, des cygnes, des ibis, des paons, supposez en un mot une sorte d'éblouissante caverne de la fantaisie humaine ayant une figure de temple et de palais, c'était là ce monument. Il avait fallu, pour le créer, le lent travail de deux générations. Cet édifice, qui avait l'énormité d'une ville, avait été bâti par les siècles, pour qui ? Pour les peuples. Les artistes, les poètes, les philosophes, connaissaient le palais d'Été ; Voltaire en parle. On disait : le Parthénon en Grèce, les Pyramides en Égypte, le Colisée à Rome, Notre-Dame à Paris, le palais d'Été en Orient. Si on ne le voyait pas, on le rêvait. Cette merveille a disparu. Un jour, deux bandits sont entrés dans le palais d'Été. L'un a pillé, l'autre a incendié. Ce qu'on avait fait au Parthénon, on l'a fait au palais d'Été, plus complètement et mieux, de manière à ne rien laisser. Nous, Européens, nous sommes les civilisés, et pour nous, les Chinois sont les barbares. Voilà ce que la civilisation a fait à la barbarie. »

Il reprend un peu son souffle :

– Tu sais que ce sont des centaines de milliers d'objets qui ont été volés dans le palais ? Ça nous laisse quelques décennies devant nous avant de tout retrouver.

Il faut vraiment qu'il arrête ses conneries.

– Je peux pas suivre, mec… Je voudrais juste aller boire un peu d'eau pour me rafraîchir, t'as pas soif ?

– T'as raison ! lance-t-il en rangeant son téléphone dans sa poche. On va rentrer à l'hôtel et se reposer un peu. Les prochains jours vont être chargés.

Le retour en taxi se fait dans le silence. On arrive à l'hôtel vers 7 heures du matin et Chan me refile encore des cachets pour dormir.

– T'en as pas marre de te camer autant ?

– Non, pourquoi ?

17.

Je me réveille à 11 heures du matin dans une chambre de luxe du centre-ville de Pékin. Je devrais être heureux, mais à ce moment-là j'ai juste envie de pleurer en silence tellement j'ai mal au crâne. Je serais capable de me convertir au bouddhisme sur-le-champ et jurer de ne plus jamais boire une goutte d'alcool. J'entends déjà quelqu'un frapper à la porte. Li Wan entre dans ma piaule avec un sourire accroché aux lèvres :

– Ça va, mon ami ?

Il s'installe sur la seule chaise disponible. J'ai un goût de cendre dans la bouche. Un ciel gris en face de moi. Je repense au mec de l'ambassade de France que je devais appeler en arrivant. Aux engueulades qui vont suivre avec Finville à mon retour. Pékin sommeille dans un brouillard chimique et je demande à Li Wan :

– Ça fait longtemps que vous êtes là ?

– Quelques heures à peine.

On sonne à la porte et je vois une serveuse débouler avec une immense desserte à roulettes : un petit déjeuner complet, avec des saucisses, une omelette et des tartines. Je préfère fermer les yeux pour ne pas vomir sur les draps. Li Wan n'attend même pas que la chasseuse disparaisse pour me poser la question :

– Pas trop fatigant, les journées avec Chan ?

– Si, un peu.

– J'espère que vous en avez bien profité. Tu te reposes aujourd'hui et ensuite on change de ville.

Il s'allume une cigarette :

– On est là pour finir le travail.

– Quel travail ?

– Rien de bien compliqué, c'est juste que je ne fais pas beaucoup confiance aux Chinois pour récupérer le chargement.

– Quel chargement ?

– Ce que vous avez embarqué à Fontainebleau.

Le lendemain, nous voici tous les trois, Chan, Li Wan et moi, dans le TGV en direction de Shanghai, à 300 kilomètres à l'heure dans le wagon-restaurant luxueux, avec toutes sortes de plats et de boissons délicieuses en face de nous : des beignets, du porc, des soupes et du champagne, du vin de Bordeaux et des kebabs au soja. Je scrute les passagers autour de nous. Fringues repassées, ongles faits, dents blanches. On se croirait dans les premières classes des trains européens, le pognon bien étalé, smartphones et ordinateurs dernier cri posés sur les tablettes comme des trophées.

– Moi qui prenais la Chine pour un pays du tiers-monde ! je dis en finissant mon verre de vin.

– T'inquiète, on n'est pas à l'abri du passé, me dit Li Wan en regardant le paysage défiler par la fenêtre.

Une immense banlieue réunissant deux siècles d'histoire. Les bicoques en tôle côtoient les immeubles flambant neufs. Les bagnoles allemandes dépassent les chariots des paysans sur les routes abîmées par le climat. Inégalités énormes entre les riches et les pauvres. Un pays divisé. Chaos de notre époque. La Chine moderne.

Je ne pige pas vraiment. Li Wan insiste encore un peu.

– La Chine a grandi trop vite. Elle est passée en quelques dizaines d'années de la famine à la surabondance, sautant directement du XIXe au XXIe siècle sans que la population soit préparée à un tel changement ; alors il ne faudra pas s'étonner d'un petit retour de bâton.

On arrive à Shanghai en quelques heures.

Nous traversons la foule de la gare et les immenses avenues. Nuages noirs et pollution. Tout semble écrasé par l'humidité ambiante. Pas la peine de se mentir, je me dis en toussant comme un clopard, on sera incapables de réduire nos émissions de carbone. Les dégâts que nous avons causés à l'environnement sont irréparables. Les mégapoles que nous avons construites pour nous protéger de la nature sauvage, du froid, des maladies, des tempêtes et des sécheresses nous détruisent à leur tour. Les fumées d'usines, la circulation dense, les gaz d'échappement, il est impossible de ralentir le réchauffement climatique. Les industries ont tout changé. Nos corps sont devenus inadaptés.

Face aux catastrophes climatiques qui s'annoncent, les Chinois seront peut-être les premiers à transformer leur corps pour s'adapter. Inventer une autre chair, de nouveaux poumons, une nouvelle peau pour résister à la pollution ambiante. Pionniers d'une nouvelle ère. Ces gars n'ont pas hésité à faire avorter des millions de femmes pour que les familles n'aient qu'un seul enfant, faut pas être devin pour comprendre ce qui nous attend.

Laboratoire, eugénisme et bonheur imposé par les multinationales.

Le taxi nous dépose enfin au bas d'un immeuble ultramoderne d'une trentaine d'étages, avec des fenêtres grandes comme des miroirs. Elles reflètent le ciel noir et les nuages qui s'amoncellent au-dessus de nous.

– On sort ! me dit Chan en ouvrant la porte.

J'ai la gorge sèche. Un mal de crâne de plus en plus puissant.

On entre à l'intérieur de l'édifice. Grandes baies vitrées, sol carrelé, plafond haut. Nous nous engouffrons dans l'ascenseur jusqu'au vingt-cinquième étage, où nous avons rendez-vous avec un trentenaire qui nous attend dans son bureau.

Chan me présente à l'homme d'affaires chinois :

– Voici M. Wang, notre avocat.

Serrage de mains. Sourires crispés. Je tente d'évacuer la pression en allumant une cigarette.

Li Wan m'explique mon rôle :

– Tu vas récupérer avec Chan les œuvres d'art de Fontainebleau.

– Où ça ?

– Dans un container à Hangzhou.

Li Wan me donne les détails. Je vais prendre l'identité d'un diplomate français. Un mec de l'ambassade. Tout ça pour convaincre les dockers de nous ouvrir les caisses. Ces mecs sont si terrifiés par les provocations policières qu'ils ne font aucune confiance aux Asiatiques. Mais si un diplomate français se pointe pour les corrompre, ça les rend heureux.

Au bout d'un quart d'heure, tout le monde se lève pour reprendre l'ascenseur et descendre jusqu'au parking. Bagnoles de luxe en enfilade. Des Bentley, des Maserati, des berlines allemandes. Wang nous précède de quelques pas et ouvre la porte d'un garage particulier. Une Lexus aux plaques diplomatiques nous attend à l'intérieur. Chan me file des fringues neuves, un portefeuille, un nouveau passeport, des cartes de visite et une enveloppe contenant 400 000 yuans, près de 50 000 euros.

Je m'appelle maintenant Charles Meudon, conseiller culturel à l'ambassade de France à Pékin. Je dis à Chan :

– On risque combien si ça passe mal ?

– Moi, pas grand-chose. Je dirai aux flics que tu m'as proposé du pognon pour t'accompagner en Chine.

Son arrogance ne me surprend pas, j'ai juste envie de le calmer un peu :

– Je pourrais aussi les aiguiller un peu pour réduire ma peine.

Regard noir et dents serrées, Chan me répond à la volée :

– Réfléchis deux minutes. Si tu la fermes, tu sors de prison avec un gros pactole. Si tu l'ouvres, Li Wan envoie deux types pour te punir.

Logique implacable.

Avec Chan au volant de la Berline, nous abandonnons Li Wan et son avocat sur le parking pour prendre la direction du port de Hangzhou, traversant le pont gigantesque de Donghai qui relie le continent à cette île exclusivement consacrée aux trafics de marchandises. Un paysage fantastique, irréel, sauvage, trente-deux kilomètres de route au-dessus de l'océan déchaîné.

Le brouillard et la pluie continuent d'inonder le sol et de fouetter les dalles de béton grandes comme deux terrains de football. Nous avançons au milieu des milliers de containers entreposés dans la zone portuaire, dans la partie est de Yangshan, entre des îles reliées par d'énormes pontons. Nous passons un à un les checkpoints surveillés par des policiers trempés jusqu'à l'os.

Un docker surgit bientôt sur la route, uniforme jaune fluo marchant mollement sous une grue aussi grande qu'un immeuble de dix étages. Chan me fait signe de sortir de la Lexus et ouvre aussitôt les négociations avec le pékin.

– Donne-lui tes papiers et un peu de fric.

Je sors ma nouvelle carte d'identité et l'enveloppe de ma veste :

– Combien ?

– File-lui 30 000 yuans pour voir.

Le mec reluque les billets et les documents puis commence à nous engueuler. La tension monte d'un cran. Chan est sur la défensive. Nerveux. Prêt à mordre. J'ai remis l'enveloppe et mon portefeuille gorgé d'eau dans ma veste. J'entends des voix qui approchent. Le brouillard m'empêche de voir. Au bout de quelques secondes, cinq autres dockers se pointent dans notre direction. Je pose ma main sur l'épaule de Chan :

– Viens, on se casse !

Mais Chan continue de discuter d'arrache-pied avec le docker. Ses gestes sont ceux d'un homme acculé. Lèvres serrées. Les paumes des mains grandes ouvertes devant lui. J'ai les nerfs à vif. La fatigue. Le décalage horaire. La gueule de bois.

– Balance tout le pognon ! me dit Chan en se retournant furtivement vers moi.

Je sors l'enveloppe trempée avec l'énorme liasse de billets à l'intérieur. Plus personne ne parle. Un silence de mort s'est abattu sur nous.

Le docker en chef se décide enfin à compter les centaines de milliers de yuans sous le regard affûté de ses collègues. Une dernière discussion en chinois s'engage entre Chan et les dockers avant que ces derniers nous emmènent enfin à notre container.

– Bingo ! me dit Chan en ouvrant les deux grandes portes métalliques.

Nous mettons ensuite une heure pour retrouver la couronne du roi de Siam et la Chimère chinoise en émail cloisonné, le mandala tibétain et quelques bijoux inestimables planqués dans le double fond d'une armoire italienne. Une heure de plus pour rejoindre Li Wan et lui apporter le trésor comme des chiens fidèles.

Je suis avec Chan dans un bouge de Shanghai à 2 heures du matin. Les filles dansent mollement sur les tables, entre les bouteilles vides et les rires des clients. Musique abrutissante. Minijupes en enfilade, les talons hauts et les jarretières. J'admire les soutiens-gorge et les bijoux en toc. Les clients tombent comme des mouches. L'alcool a définitivement détruit toute la beauté disponible. Les mains sales traînent sur les cuisses, les ongles noirs sur les seins. Des remarques minables sont lancées au milieu des chaises en plastique et des tableaux accrochés sur les murs.

Chan Liphong est adossé à une banquette : l'œil torve, aussi classieux qu'un ouvrier chinois errant dans Belleville à la recherche d'une baladeuse. Je pose des questions sur l'organisation. La manière d'écouler les trésors de guerre. Chan a enfin décidé de m'affranchir :

– Tout se passe via une compagnie de Rotterdam : Xian Corpored. C'est elle qui envoie les colis à Shanghai.

– Tu veux dire les œuvres d'art ?

– Ouais.

– Vous êtes combien à bosser pour Li Wan ?

– Je ne sais pas exactement, je dirais une trentaine, dont trois ou quatre enragés prêts à faire le sale boulot. Des banquiers, des commissaires-priseurs, des financiers, des experts. À Londres, Paris, Singapour, un peu partout dans le monde.

– Une sorte de triade, non ?

– Juste une organisation bien foutue, n'en rajoute pas.

Difficile d'y voir clair. Je lui demande comment Li Wan fait pour ne pas tomber.

– À cause du pognon. Tout le monde ferme sa gueule à cause du fric.

Je fais attention de ne pas aller trop loin. J'ai tout mon temps, pas la peine d'allumer la méfiance chez mon pote.

– Il n'a pas peur d'embaucher des petits Blancs comme moi ?

– Non, pourquoi ?

– Je pensais que ce genre d'organisation recrutait plutôt les membres d'une même famille.

– C'est fini, tout ça ! Li Wan a compris que pour étendre ses filets à travers le monde, il fallait embaucher des types d'horizons différents. Il veut monter une multinationale, pas une secte. Regarde Lucky Luciano.

– Qui ça ?

– Lucky Luciano, le boss de la mafia italo-américaine, la Cosa Nostra. Il prenait des juifs et des Irlandais dans son organisation. C'est comme ça qu'il a révolutionné la mafia au début des années 50 aux États-Unis. Li Wan le vénère comme c'est pas possible. Il le considère comme l'un des Occidentaux les plus intelligents du XXe siècle.

18.

Je rentre quelques jours plus tard à Paris. Je veux appeler Finville pour le prévenir mais impossible de composer son numéro. Je me sens coupable d'avoir lâché son homme à l'ambassade à Pékin et laisse traîner l'affaire, incapable de stopper l'hémorragie. Je bascule du côté de Li Wan sans pouvoir lutter. Je reçois des appels du flic en continu. Plus de dix fois par jour.

Tout se mélange dans ma tête. Sans lui, je serais encore en prison, à faire les cent pas dans la chambre avec un taré, ou dans la cour à tourner avec tous ces débiles. J'ai une dette envers la barbouze. Mais en même temps Li Wan m'a séduit. J'essaie de me dire qu'on appartient toujours à quelqu'un ou à quelque chose : une banque, un pays, une famille, un idéal.

Mais le flic m'assaille tellement de coups de fil que je cède quand même à la peur :

– Allô ?

– Comment va, mon ami ?

Mon sang se fige au son de sa voix.

– Désolé de pas t'avoir appelé plus tôt…

Finville ne s'énerve même pas.

– Ça fait trente ans que je fais ce métier. Je commence à avoir l'habitude.

Aucun reproche. Je m'interroge. Soit il la joue tranquille parce qu'il est sûr de lui ; soit il a peur que je lui file entre les mains et n'a pas envie de me brusquer. Dans les deux cas faut que je le rassure :

– J'ai des infos en or massif, je te retrouve où tu veux.

Une demi-heure plus tard, je suis dans son appartement du 9e arrondissement. Finville m'ouvre lui-même la porte, le sourire du mec confiant accroché au visage. Viano est au fond de la pièce, concentré sur sa bécane, pointant les derniers réglages du détecteur de mensonges. Je ne suis même pas surpris de passer au grill. De toute façon, j'ai rien à cacher à mes deux matons. Je commence à déblatérer :

– Li Wan a monté une organisation entre l'Europe et la Chine. Avec des financiers anglais, des anciens de l'armée française, des politiciens chinois, des flics, des commissaires-priseurs, des salles de vente aux enchères. Il n'apparaît dans aucune structure et délègue à des tiers tous les titres de ses propriétés. Ses restaurants, ses galeries, des appartements à Londres et New York. J'ai aussi appris que le plus gros de sa fortune n'est pas gardé en Chine, il n'a que moyennement confiance en l'efficacité des dirigeants de son pays. Il m'a dit que les politiciens qui avaient fait des études dans les meilleures universités à Londres et

New York avaient acheté les professeurs pour obtenir leurs examens. Que non seulement ils étaient corrompus mais aussi incompétents, ce qui augure mal de l'avenir…

Finville me bombarde de questions. Il veut savoir tout ce qui s'est passé à Pékin, Shanghai et Yangshan. Je lui donne des milliers de détails sur les bars où on s'est retrouvés, le numéro de nos chambres d'hôtel, la marque des fringues de Li Wan, la description physique et le nom des types qu'on a croisés. La journée n'en finit pas. L'interrogatoire continue jusqu'au milieu de la nuit et deux autres types viennent prendre la relève et poser de nouvelles questions. Deux flics qui recommencent à me triturer la mémoire avec une patience et une précision dingues. Mon cerveau est sur le point d'éclater.

Au bout de deux jours, Finville vient terminer l'interrogatoire :

– Moi je pense que t'as pris le melon. Tu t'imagines pas de quoi on est capables. Tu crois vraiment qu'on va te lâcher avant d'avoir eu ce qu'on voulait ?

Si Finville cherche à me faire peur, c'est raté. Là, dans cette salle, avec la fatigue qui me vrille les nerfs à cause de ses questions, j'ai juste envie de lui défoncer le crâne à coups de marteau devant ses collègues de la DGSI.

Je rentre directement chez moi pour me reposer. Un sommeil ponctué de mots, des centaines, des milliers de mots. Un chaos de phrases incompréhensibles. Sur la Chine. Ma famille. Mon passé à la légion et dans les salles de jeux parisiennes. Chan. Li Wan. Finville. La prison. L'expédition de Louveciennes. Le voyage en Chine.

Je me réveille complètement épuisé, incapable de penser ou de prononcer la moindre phrase. Une seule solution : appeler Xining et l'emmener loin de Paris. Avec elle, au moins, je ne risque pas de me prendre la tête.

Je fais tous les magasins de la capitale avant de lui rendre visite. Je lui achète des roses, des bijoux – collier de perles et bague en or –, des jupes, des robes et des pulls en cachemire.

Je sonne chez elle vers 5 heures de l'après-midi, je sais qu'elle est là, en train de bosser.

Je dépose tous les cadeaux dans le salon :

– J'ai loué une chambre d'hôtel à Deauville pour ce soir.

– Toi fou. Complètement fou. Pas vu depuis deux semaines et toi pas nouvelles…

– Je vais te dire un truc, je ne comprends rien à ce que tu dis mais je t'aime bien.

Elle hallucine devant le bouquet de fleurs, les fringues et les bijoux disséminés dans son salon. Se met à rire, un peu flattée quand même par ma généreuse folie. Je ne mets pas longtemps à la convaincre de me suivre en Normandie. Mon état de nervosité s'est vite transformé en excitation devant ses petits yeux timides, ses doigts fins et sa silhouette engageante. Surtout quand elle accepte enfin d'essayer les robes que je lui ai offertes. Xining se déshabille et je ne résiste pas à l'envie de me jeter sur elle.

On arrive à Deauville quelques heures plus tard alors que la nuit tombe, sous un soleil rouge et un océan à peine éclairé par les lumières électriques de la plage. Les rues piétonnes regorgent de monde et nous allons de bar en bar pour écluser les meilleurs vins.

Elle n'a pas besoin de savoir ce que je fais. Elle seule me rend heureux au milieu du labyrinthe qu'est devenue ma vie.

Xining me parle de Wang Hsia, un peintre du VIIIe siècle :

– Il invente peinture éclaboussée…

– Quoi ?

– Wang Hsia… encre éclaboussée…

– Ouais, ouais…

– Comme toi peindre encre éclaboussée… Lui…

– Je comprends rien à ce que tu dis, fais un effort, putain.

Xining garde son calme :

– Wang Hsia travaillait tout le temps ivre…

– Ah bon ?

– Hang Hsia comme toi, tout le temps bourré….

Elle me raconte aussi que les peintres chinois n'ont presque jamais dessiné des nus ou des portraits, qu'ils préfèrent la nature et les montagnes, l'eau et les rivières. Toute la tradition chinoise de la peinture se réfère aux paysages du cœur de la Chine. Les hommes sont minuscules. Les individus n'existent pas.

On déroule nos pas jusqu'à l'hôtel Normandy, traînant dans le salon orné de boiseries et de rideaux rouges, passant la nuit à s'amuser dans la chambre. Son petit corps pudique. Ambitieux. Insolent. Ses petites jambes et ses bras qui m'attirent vers elle. Son intelligence qui me fascine.

– Chine devenir puissance premier. Monde devenir chinois. Les empires et destruction tout le temps histoire. Chine État fort éviter anarchie. Chaos toujours âge d'or, comme Amérique.

Je suis pendu à ses paroles. Les Chinois vont sans aucun doute connaître quelques krachs, un peu comme les Américains en 1929, mais elle est certaine qu'ils vont diriger le monde un jour ou l'autre. Xining est l'incarnation de mon nouvel amour. Je suis devenu chinois et j'aime ça.

Quelques jours après mon retour de vacances, nous allons au restaurant avec Chan. Il est avec une de ses copines du musée Guimet. Une nana qui travaille comme guide depuis trois ans dans le plus grand musée asiatique de Paris. Sophie adore l'histoire du palais d'Été. Elle adore l'histoire de la Chine. Elle n'y est jamais allée, mais sa relation avec Chan lui permet de goûter aux délices de l'ancien empire. Elle est belle, elle est volubile, elle est manipulable à souhait. Elle aime l'argent.

Elle donne à Chan des informations sur le nom des acheteurs des œuvres du palais d'Été dans les ventes aux enchères à Drouot et Sotheby's. Des propriétaires des objets chinois cachés dans les musées, chez les particuliers, à Toulouse, à Toulon et Marseille. Elle participe aussi à une commission chinoise qui doit répertorier toutes les œuvres volées, des centaines de milliers de vases, de peintures, de rouleaux, de porcelaines, de statues, d'épées et d'armures éparpillés à travers le monde.

Sophie est devenue une traître, comme moi. Elle me fait l'apologie de la Chine. Me raconte le scandale Pierre Bergé. Les deux têtes de lapin et de rat en bronze vendues par le milliardaire pour la fondation Yves Saint Laurent en 2008. La volonté de la Chine de se les réapproprier. Le refus de Pierre Bergé de les leur restituer.

Sophie me dit sur un ton très sérieux :

– Le pire est qu'il voulait que le gouvernement chinois rende le Tibet indépendant et reçoive le dalaï-lama en échange des statues. Non content d'être un receleur et complice du sac et du pillage du palais d'Été, voilà qu'il voulait donner des leçons de morale à la Chine.

Li Wan est devenu mon nouvel ami. Il m'invite dans des soirées chic, dans des galeries d'art et des hôtels particuliers à Paris. Je ne lui connais pas de femme ni de préférence sexuelle. Li Wan est un ascète, un moine, un travailleur acharné : « Je ne dors pas plus de trois heures par nuit », me dit-il pour se justifier. Calme et discrétion. Li Wan connaît le sens du sacrifice.

Il distribue des enveloppes à des familles chinoises dans le besoin. Il paye les frais d'hôpitaux et les dentistes pour les plus pauvres. Il joue au bon Samaritain, au mécène, au seigneur féodal. Il aide les gamins chinois à faire les plus belles écoles en France. Il tisse son réseau avec patience, son *guan xi*, comme ils disent. Mais Li Wan n'apparaît jamais sur le devant de la scène. Il se cache dans un appartement au trente-cinquième étage d'une tour de la porte de Choisy, au sud de Paris, et prospère dans le silence.

Il me raconte aussi des histoires. Son histoire.

Li Wan me fait rêver avec les steppes de son enfance, longues plaines écrasées par le soleil de Mandchourie. Il me sert du thé avec le sourire, sa voix est calme et d'une douceur presque féminine. Il me parle de ses ancêtres, des guerriers nomades qui ont envahi le plus grand empire que la terre ait jamais connu. Li Wan n'est pas un Han. Mais un homme du Nord. Il fait partie de la race des envahisseurs.

– Peu importe, la Chine s'est aussi construite grâce aux étrangers !

Il me raconte l'histoire de ses parents nés près de Qiqihar dans le nord de la Mandchourie à la fin des années 30. Dans les grandes plaines autour d'Harbin où ses aïeux ont chassé pendant des siècles sur les steppes glacées.

Son père est mort lorsqu'il avait six ans. Il travaillait courbé plus de douze heures par jour dans les usines que Mao avait décidé de construire pour tirer les tonnes de cuivre des entrailles de la terre.

Sa mère était d'une ancienne famille d'artistes et continuait à peindre en secret sur des tissus, parfois même sur de la soie, les cerisiers au feuillage ovale et aux fleurs blanches :

– Je me souviens de mon premier voyage dans le palais impérial de Shenyang, c'était juste avant la Révolution culturelle et j'étais fasciné par le marbre blanc et les boisseaux en étain, les contrastes des couleurs rouge et verte sous un soleil magnifique. C'était la première fois que j'entendais parler de la dynastie des Qing, cette famille impériale qui avait régné durant l'âge d'or de la Chine au XVIIIe siècle.

Li Wan me parle avec tristesse des saccages des palais impériaux par les gardes rouges quand il avait dix ans :

– Nous nous sommes comportés comme les Anglais et les Français avec le palais d'Été. C'est pour cela que je n'en veux pas aux étrangers. Les Chinois sont aussi cruels que les Occidentaux. Nous devons nous servir de vos connaissances scientifiques et littéraires. Prendre les meilleurs d'entre vous. J'aime les Français, leur intelligence et leur culture. C'est pour ça que je veux que tu travailles pour moi. La Chine a toujours accueilli les étrangers avec politesse. Même un obscur commerçant comme Marco Polo est devenu un fonctionnaire puissant sous le règne de Kubilai Khan. La seule différence avec vous, ce sont les agressions. Jamais nous n'avons cherché à vous convertir ni à vous envahir. Vous n'avez eu de cesse d'affaiblir nos dynasties, nos croyances. De créer les troubles, de soutenir les guerres civiles. Je ne parle même pas des Japonais. Du massacre de Nankin dans les années 30 où plus de trois cent mille de nos citoyens furent tués par les forces nippones en quelques semaines.

Dans l'appartement de Li Wan, j'écoute les mantras de l'humiliation. Je suis l'initié à qui l'on déroule les fils de la tragédie chinoise.

– Li Wan, je peux vous poser une question ?

– Bien sûr.

– Vous voulez quoi exactement ?

Il me regarde sans rien dire. Toujours ce même silence qui dure des plombes avant les grandes déclarations :

– Je veux que tu ailles avec nous dans une maison à Louveciennes.

Un truc me fait immédiatement tiquer. Le « nous » que Li Wan vient d'employer. J'hésite quelques secondes avant de creuser le mystère :

– Comment ça, « avec nous » ? Vous serez là ?

Li Wan acquiesce en hochant la tête. C'est la première fois que le boss décide de se mouiller.

– On va juste secouer un Japonais pour qu'il ouvre son coffre.

Je suis encore dans le flou. Li Wan décide de m'affranchir :

– Récupérer une œuvre inestimable. Un sceau de l'empereur Ming datant du XVIIe siècle.

J'ai compris l'astuce. Le grand manitou ne veut surtout pas d'un accident. Le matos vaut dans les quarante millions d'euros chez Christie's. Le genre de came qui peut donner à certains des envies de départ, des trahisons dans le genre définitif… Li Wan veut juste s'assurer que personne ne se barre avec le trésor.

Murs blancs et moquette sale, je suis avec trois hommes de la DGSI. Viano m'accroche un traceur en dessous des couilles, me fourre un micro incrusté dans la pompe droite. Un autre fait les réglages avec sa bécane, et Finville me déroule les procédures à suivre :

– C'est le moment de conclure, mon pote. T'es toujours mon pote, n'est-ce pas ?

Finville adore se foutre de ma gueule. Il m'en veut d'avoir fait Fontainebleau et de m'être barré à Pékin sans prévenir son contact, d'être parti avec Xining à Deauville et de tomber amoureux d'une Chinoise. Il me dit gentiment :

– Évite d'approcher les télés et les appareils électriques, les micros ne sont pas super au point. Ça pourrait te brûler les couilles en cas de court-circuit.

J'écoute les paroles du gobe-mouches sans rien dire. Je me concentre sur la soirée qui s'annonce : rendez-vous dans une demi-heure place d'Italie avec Li Wan et ses acolytes. Chan et ses braqueurs professionnels.

– Fais preuve de zèle et d'application, me dit Finville en vérifiant les appareils.

Ça fait des mois que je suis à l'intérieur de l'organisation. Des mois que j'entasse les conversations. Les preuves. Les confessions.

Finville veut maintenant un flagrant délit, un moyen de tous les faire tomber en même temps.

Li Wan fait sa première erreur en s'arrimant avec nous à Louveciennes. Finville compte bien en profiter pour le détruire. Le flicard me tape sur l'épaule avec bonhomie :

– T'es presque au bout du chemin, Thomas.

Je me dis que j'ai réussi, que j'ai trouvé ma voie, ma vocation, ma raison d'être : devenir indic, un salaud intégral, un enculé de compétition.

Je prends ma bagnole dans la rue de la Fontaine-au-Roi, descends en direction de la Seine, longe les quais jusqu'à la bibliothèque François-Mitterrand et bifurque vers le sud. Le crépuscule ressemble à une cathédrale de lumière, écarlate et sombre, illuminant Paris avant que la nuit tombe.

Je tourne une bonne dizaine de minutes autour de la place d'Italie avant d'apercevoir une moto se faufiler à mes côtés. Un petit signe de la main du conducteur, je le suis jusqu'à un parking souterrain. Il s'arrête à côté de moi et me donne un casque. Je monte sur la bécane et file avec lui jusqu'à la cour d'une immense maison de Vitry-sur-Seine.

À l'entrée, je me fais fouiller par un petit gros d'une quarantaine d'années qui me serre contre la porte, je lui donne mon manteau et mon portefeuille, la batterie de mon portable et tout ce qu'il y a dans les poches de mon falzar et de ma veste.

Il m'invite à passer dans la grande salle.

Je regarde les affiches collées aux murs, des jeunes Chinoises en string, des paysages du Sichuan, des arbres en fleurs et poivriers noirs sur papier glacé, des sculptures de bonzes.

Chan est assis sur une chaise à fumer le cigare.

– Salut, gars, tout va bien ?

Je réponds sans m'attarder et mate la bouffe posée sur la table : des nems et du riz sauce piquante, du canard sauvage serti de grains de poivre rouge, du porc orné d'anis étoilé, des champignons noirs flottant dans du bouillon, des légumes marinés, des dés d'agneau et du jambon.

La nuit est déjà tombée depuis une heure quand un jeune type fait son entrée dans le salon et se met à baragouiner en chinois. Je reconnais l'Asiatique qui cache son bec-de-lièvre avec une moustache, celui qui m'avait conduit dans Paris pour le contrat sur le mafieux de la 14K.

Women kaishi ba !

C'est le moment de partir.

On monte dans une voiture garée dans la cour. Direction le périphérique. Chan me demande de regarder dans le sac à l'arrière : voilà un 11,43, voilà une cagoule, voilà des gants et un boîtier électronique.

C'est ma dernière mission, Finville me l'a promis : « Si tout se passe bien on te remettra peut-être une médaille. »

Chan, Bec-de-lièvre et moi roulons sur l'autoroute A13 en direction de l'ouest de la France

On entre maintenant sur la nationale 186, on regarde le défilé des arbres décharnés de l'hiver qui encadrent les belles propriétés privées. Chan me demande de faire attention aux caméras de vidéosurveillance, de bien baisser la tête lorsqu'on va descendre de la voiture, de bien mettre la cagoule et les gants pour ne pas laisser d'ADN.

La forêt de Marly-le-Roi est sur notre gauche. Chan éteint les phares de la bagnole :

– On va entrer dans la villa en douceur.

On se glisse dans la minuscule ruelle, portant une grande échelle qui va nous aider à basculer dans la propriété privée. Dans le jardin, des faux cygnes en métal, une piscine couverte, une baie vitrée allumée au loin.

Je distingue clairement une femme qui passe dans le couloir au premier étage. Puis le silence. La nuit est devenue un vide gigantesque, un manteau de cristal si fragile qu'une respiration trop brusque le briserait en mille morceaux.

Nous sommes à quelques centimètres de la baie vitrée de la maison. Chan sort un compas de sa poche, ventouse la vitre, trace un cercle avec une pointe de diamant, la fissure et la tire doucement vers lui. Il passe sa main à l'intérieur pour faire coulisser lentement la porte. Un coup d'œil rapide dans la maison : des tableaux de maîtres, des sculptures filiformes au milieu des plantes de toutes les couleurs, bambous rouges et feuilles jaunes.

Et un Japonais, assis dans le divan : la cinquantaine, rasé de près, visage anguleux, fine barbichette, pull en cachemire et pantalon noir, pieds nus dans ses tongs blanches.

Le mec sursaute et commence à crier. Je vois Chan qui déboule à l'étage et hurle à tout le monde de la fermer, redescendant quelques secondes plus tard en tirant une femme par les cheveux.

– Tu sais pourquoi on est là ? demande Chan au Japonais.

– …

– Où est ton putain de coffre ?

Une gamine de six ans vient s'agripper à sa mère en pleurant. Le Japonais ne veut pas répondre, les yeux fixés sur sa femme et sa fille.

– Ne m'oblige pas à faire des conneries, lui répète Chan en le giflant.

Le Japonais garde le silence. J'entends la main de Bec-de-lièvre s'écraser sur la pommette de la mère de famille. J'entends les cris de la petite fille. L'horreur en technicolor. Je ne dis rien. Ne bouge pas d'un millimètre, bien certain que les micros planqués dans ma chaussure récoltent toutes les informations.

La séance de torture s'organise.

La séance de torture s'éternise.

Ce sont des cris et des questions.

Du sang et des poignées de cheveux qui tombent sur le sol. Le Japonais ferme les yeux. Le Japonais ferme sa gueule malgré les hurlements de sa femme dans le salon. Je vois Bec-de-lièvre sortir un chalumeau. Je vois Bec-de-lièvre gifler la petite fille de six ans. C'est la femme qui craque en premier :

– Le coffre est dans le garage ! Derrière le congélateur.

Elle nous emmène lentement au sous-sol. Chan frappe le père avec la crosse de son calibre pour qu'il nous suive, moi j'évite de regarder la petite fille qui sanglote derrière nous. Je repense aux morts de la Révolution culturelle, je repense aux exactions des Japonais en Mandchourie, les chambres à gaz, les centaines de milliers de viols dans la ville de Nankin pendant la guerre, je tente de me rassurer avec des images de massacres. De relativiser ce qui est en train de se passer.

– Je ne vous donnerai jamais le code, dit le Japonais avant de se planter devant son coffre.

– C'est ta dernière chance de t'en sortir.

Bec-de-lièvre se remet à frapper sa femme au visage. Une fois. Deux fois. L'arcade a cédé, ce sont des coulées de sang sur le ciment de la cave.

– Ouvre ton putain de coffre !

La mère est au sol, assommée, boursouflée, les hématomes qui gonflent sur les yeux, les pommettes rouges. Je vois la petite fille qui hurle de douleur. Je n'arrive plus à respirer. À avaler ma salive. Et Chan qui continue ses menaces :

– Tu veux que je m'occupe de ta fille, c'est ça ?

Chan prend aussitôt la tête de la môme et la cogne sur le mur. Tout ça me donne envie de vomir. J'hésite à prendre mon flingue et lui balancer une balle dans la tête. Comment en suis-je arrivé là ?

Je pense aux morts du Grand Bond en avant. Les millions de morts. Je pense aux bombardements japonais et aux chars lançant leurs obus dans les villes grouillant de civils chinois. Tout ce que je vis en ce moment en est la conséquence.

Je vois la femme agoniser sur le sol. Je vois la flamme du chalumeau approcher du visage de la fillette de six ans. Je baisse les yeux sur le sol et les phrases de Finville viennent se fracasser en moi et me rappeler ma mission : « Tu ne fais rien, tu emmagasines des preuves, tu restes calme, et surtout tu ne joues pas au héros. »

Je ne suis pas un héros mais un bourreau. Je regarde la flamme du chalumeau aller et venir vers les yeux de la petite, à quelques dizaines de centimètres, un truc de vicieux, un truc pour faire peur. Ses hurlements deviennent insupportables.

– 26-67-42.

Le Japonais lâche enfin les codes.

Chan peut ouvrir le coffre, mais la séance n'est pas encore terminée pour moi. En quelques secondes, tout bascule : Bec-de-lièvre tire la culasse de son flingue et met une balle dans la tête de la fille, du père et de la mère.

Les trois Japonais sont devenus trois cadavres dans la cave. Bec-de-lièvre me dit :

– Thomas, va chercher les bidons d'essence dans la voiture.

19.

Je sors de la maison, persuadé que Finville va débarquer d'une minute à l'autre pour nous cueillir. Le jardin est plongé dans le silence et l'obscurité. Je tâtonne en espérant qu'un voisin a entendu quelque chose. On ne peut pas mettre le feu à la baraque et rentrer chez nous comme si de rien n'était. La police va arriver. Ce n'est pas possible autrement. Finville m'avait promis un flagrant délit.

La bagnole est garée devant la propriété. J'ouvre le coffre pour prendre les deux bidons d'essence. Le quartier est toujours aussi calme. J'y retourne et croise Li Wan et Bec-de-lièvre marchant tranquillement dans l'autre sens. Le boss me fait un petit signe de la main en passant.

Toujours aucun flicard pour empêcher les truands de fuir. Rien. Tout ça est monstrueux. Tellement absurde.

Mais j'aurais dû me douter que Finville cachait son jeu depuis le début.

Mon mentor avait des ambitions bien plus élevées.

Deux heures plus tard, je retourne dans ma piaule à Belleville. Seul. Sans aucune envie de fêter la réussite de la mission : une baraque brûlée avec trois cadavres à l'intérieur…

Impossible de dormir, impossible d'arrêter les images qui tournent en boucle dans mon cerveau. Les images de la nuit me hantent.

J'achète une bouteille d'alcool en bas de mon immeuble, n'importe quoi pour me calmer un peu. J'ouvre la bouteille de Jameson et me verse un verre, j'ai les mains qui tremblent et je renverse du whisky sur la table.

Picotement des nerfs à l'intérieur du crâne, le feu dans ma gorge, l'apaisement après la première gorgée. J'allonge les jambes sous la table en bois. Un coup d'œil circulaire : mon matelas sur le sol, une cuisinière de fortune, des vêtements rangés sur les étagères en bois, quelques bouquins pour passer le temps. Je regarde le flingue posé sur ma table. Les traces de sang sur ma chemise.

J'appelle Finville sur son portable. Dix fois. Vingt fois. Je tombe directement sur sa messagerie. J'ai besoin de savoir. Pourquoi avoir laissé crever une famille innocente ? Une gosse de six ans ?

Je bois un deuxième verre pour affronter la réalité. Faire le compte des causes et des conséquences.

Je travaille pour la police française. Je travaille pour l'organisation de Li Wan.

Je tente de chasser ma culpabilité avec le troisième whisky.

Je repense à mon premier meurtre, celui de Lepage, et à la partie de poker.

Je repense au mafieux que j'ai tué dans le parking, à son garde du corps, à sa femme en train de crier.

Mais mes oreilles bourdonnent encore des hurlements de la fillette.

Un autre verre pour verrouiller la mémoire. Gagner le droit à l'oubli. Éliminer mes derniers scrupules.

J'allume ma dixième cigarette.

Je regarde le 11,43 posé sur la table.

Encore un verre pour quitter la réalité. Accrocher le cynisme en éclatant de rire.

Je prends le flingue sur ma table. Je pourrais essayer de trahir Finville. Partir loin d'ici. Tenter ma chance. Recommencer une nouvelle vie.

Le dernier verre consolide la haine et m'apporte la folie.

Impossible de résister à l'envie de tout casser autour de moi. Je me lève et balance mon flingue à travers la pièce. La télévision, la chaise, la table, tout ce qui me passe par la main est brisé en mille morceaux. La destruction à l'état pur.

Cette frénésie dure plus de cinq minutes avant que je m'écroule enfin au milieu de la chambre, à moitié nu, les fringues déchirées, ivre mort, sur le point de chialer.

J'entends peu après une bagnole de police débarquer en bas de mon immeuble. Les uniformes montent les escaliers à toute vitesse, parlent au voisin et forcent la porte de ma chambre.

Voyant le flingue, ils se jettent immédiatement sur moi pour m'embarquer, m'assénant au passage quelques coups à la tête pour éviter les emmerdes.

Je me souviens à peine du hurlement des sirènes, des deux médecins qui me prennent le pouls, me piquent. Je me souviens à peine des aiguilles, des mille lumières tournant autour de mon cerveau défoncé par les matraques et l'alcool.

Je suis dans le couloir d'un hôpital, je regarde les traces de sang sur mes vêtements sans savoir à qui elles appartiennent.

Un dernier souvenir : le visage de la gamine, le crâne défoncé par une balle de 11,43.

Le lendemain, je me réveille cassé en deux dans la chambre d'hôpital. Les cachetons font leur effet ; je me sens dans le même état qu'à la sortie d'une anesthésie générale. Un mélange de grande fatigue et de léger délire. Je tourne lentement la tête pour essayer de savoir où je suis. Finville est juste à côté, à lire tranquillement le journal sur sa chaise en plastique.

Je ne dis rien, je reste calme, ne souris pas, ne montre aucune émotion. La barbouze laisse le silence s'installer quelques secondes avant de me demander gentiment :

– Comment tu te sens ?

Je ne m'étonne même pas du ton bienveillant. Finville est un expert en fourberie. Un maître psychologue. Pas la peine de faire des reproches à ce moment-là. Je me force à lui répondre :

– Ça va.

Un vrai duel d'hypocrites. Finville ne peut s'empêcher de se foutre de ma gueule :

– Il faut que tu te reposes, mon ami. Je vais te préparer un petit séjour en thalasso. Ça te dirait de partir dans les Alpes te ressourcer un peu ?

J'ai une boule d'angoisse dans la gorge, une boule de haine qui ne demande qu'à lui exploser à la gueule. Je réussis pourtant à garder mon calme. Je me tourne vers lui, scrutant la moindre expression de son visage.

– Pourquoi vous n'êtes pas intervenus hier soir ?

Finville prend son air désolé :

– Dis-toi que rien n'est facile et qu'il va falloir se battre encore un peu.

C'est plus fort que lui... Un vrai sadique.

– T'as pas répondu à ma question ! je dis en serrant les dents.

Finville met la main dans sa veste, pose une enveloppe sur ma couverture.

– Voilà 20 000 euros. Prends quelques jours, on reparlera de ça une autre fois.

– Non, Finville. Il n'y aura pas d'autre fois.

– Pardon ?

– T'as très bien compris. Je vais me barrer, j'en peux plus.

Finville esquisse un léger sourire avant de quitter la pièce.

– Dis pas de bêtises. Tu sais bien que c'est impossible.

Je passe les jours suivants à réfléchir. Seul. Impossible de revenir en arrière. La peur me réveille en pleine nuit. Trop longtemps que je vis dans le secret, le mensonge, le déni. Finville me passe quelques coups de fil pour me tenir en laisse. Il doit s'assurer que je ne vais pas lâcher. Je balance mon portable à la flotte.

Je tente de dormir. Mais la haine ne met que quelques minutes à venir. Elle prend des formes gigantesques, se retourne contre moi avec une violence insupportable.

Je fais un cauchemar à répétition. Je suis dans un immense palais asiatique, au milieu des pierreries et des diamants éparpillés sur les tables et les mobiliers de cèdre. J'avance dans un couloir sans fin, au milieu de soldats allongés sur le sol. Je regarde leurs uniformes, des costumes jaunes. J'entre ensuite dans un long corridor. Les murs sont rouges, comme des nappes de sang.

J'entends derrière moi des chuchotements et un bruit de tambours qui devient de plus en plus puissant. Je me retourne et vois les mêmes soldats qui me poursuivent et détruisent tout sur leur passage.

C'est à ce moment que je me réveille dans un spasme.

Ma décision est prise, je quitte Paris. Je ne partirai pas avec Xining à Xiamen, caressant ses jambes ivoire, je n'écouterai pas pendant de longues heures ses belles paroles sur les artistes chinois, le palais d'Été. Ma course se terminera dans un petit village de montagne, seul, dans n'importe quel trou perdu du monde. Je veux juste étouffer mes souvenirs avec un boulot épuisant. Rendre service.

J'ai fait ce que j'avais à faire. Plus la peine de continuer de jouer au malin dans les bras des mafieux chinois ou de la DGSI.

J'aurais presque préféré payer mes dettes en prison et ressortir au bout de dix ans pour bonne conduite, mais j'appartiens à une espèce qui ne connaîtra jamais la paix. Ni le goût de la victoire.

Il ne me reste que quelques minutes avant de claquer la porte de mon appartement. J'ai un faux passeport qu'un ami de Chan m'a vendu entre deux opérations. Je prends le risque d'être recherché par Interpol et de retourner en taule pour le restant de mes jours. Je tente le coup. Je réussirai peut-être à disparaître dans une grande ville du tiers-monde. À ne pas me faire remarquer.

C'était sans compter sur mon destin de malheur…

Je sens des bras me saisir par-derrière et me soulever. Impossible de me débattre. Des types sont entrés dans mon appartement et je n'ai rien entendu.

Deux inconnus m'aplatissent sur le sol en s'asseyant sur mon dos.

Je me retourne et vois le visage de Finville qui me toise avec mépris.

– Je t'avais prévenu.

Je tente de lui répondre, les poumons écrasés par le poids des deux molosses :

– T'as plus besoin de moi maintenant ! Tu peux tous les inculper pour meurtre.

Finville s'abaisse jusqu'à moi.

– Je pensais que t'avais compris. Mon job n'est pas d'arrêter les truands. C'est inutile. À quoi ça me servirait de les foutre en taule ? Réfléchis. Tu crois vraiment que j'ai envie de parader devant les caméras ou d'améliorer mes stats ? On se fout des chiffres à la DGSI, nous ne sommes pas des flics lambda.

– Tu fais ce que tu veux, je m'en tape ! Laisse-moi partir d'ici. Je peux plus continuer…

– Non, désolé. Je ne peux pas prendre le risque. T'es pas assez stable. Tu pourrais tout raconter à quelqu'un.

– Pourquoi je ferais ça ?

– J'en sais rien. Pour gagner du fric, te venger. Il y a toujours des tas de raisons d'ouvrir sa gueule devant des journalistes…

Finville se relève et fait un signe de la tête à ses hommes. J'entends la culasse d'un flingue qui claque à mon oreille.

C'est comme ça que ça devait finir.

Finville n'a jamais été mon pote ou un collègue de travail. C'est un type des services secrets. Un soldat. J'aurais dû me douter de sa réaction. Ouvrir les yeux avant qu'il soit trop tard. Il m'a sorti de prison pour faire la guerre. Une guerre qui a commencé il y a plus d'un siècle et qui ne finira jamais. Une guerre de basse intensité contre la Chine. Sa puissance. Ses gangs. Son nationalisme renaissant. Ses espions en quête de nos secrets industriels. Ses politiciens en quête d'un passé glorieux, celui des dynasties et des empereurs.

Alors qu'est-ce que la mort d'une gamine dans tout ça ? Pas grand-chose. Peu importe la disparition d'une famille japonaise ou celle d'un indic. Impossible de m'étonner. Je n'en veux même pas à Finville de m'avoir sacrifié. Il n'y a pas d'injustice. Seulement des types qui donnent des ordres et d'autres qui vont mourir au combat.

J'entends la détonation du 11,43 qui résonne dans la pièce.

Ma dernière musique militaire.

Paris est écrasé par l'orage, le ciel noir se retourne sur la ville depuis le matin. Finville entre dans l'immeuble de Li Wan avec son cortège de flics en civil, bloquant les escaliers et les ascenseurs, le parking, le jardin d'enfants et la cour. Chaque issue de cet immense building de trente-cinq étages est maintenant cadenassée par les hommes de la DGSI.

Il est 2 heures de l'après-midi lorsque Finville frappe à la porte de son appartement. Li Wan est en train de boire le thé, seul, les yeux fixés sur l'écran de sa télévision. Les Bourses du monde entier s'effondrent à cause de la Chine. Des pertes colossales, inimaginables pour la plupart des mortels. En une seule journée, ce sont des centaines de milliards de dollars qui fuient les marchés financiers de Hong Kong et de Shanghai, alimentant la peur dans tous les portefeuilles des petits porteurs et des puissants.

Li Wan n'est pas inquiet. Cela fait plusieurs années qu'il a rapatrié la plupart de ses fonds dans des paradis fiscaux, aux îles Vierges et à Singapour, suivant les conseils de ses amis à Pékin. Il s'agit juste d'un soubresaut, d'un accident de parcours dans l'irrésistible ascension de la puissance chinoise.

– Bonjour. Finville, commissaire à la DGSI.

Li Wan reste figé quelques secondes, à peine surpris par la présence de ce flic en face de lui.

– Je vous en prie.

Finville avance dans ce sublime trois-pièces dont les fenêtres donnent sur la place d'Italie et le nouveau quartier de la Bibliothèque nationale. Il ne peut s'empêcher de jeter un œil aux dessins de Qi Baishi, dont les traits si déliés font l'admiration de tous les connaisseurs de la planète.

– Je crois qu'on a pas mal de choses à se dire, dit calmement Finville. Il va falloir que vous annuliez votre rendez-vous avec M. Orsoni ce soir.

Il s'assoit sur le divan en posant un dossier de quelques centaines de pages sur la table basse du salon. Finville sait suffisamment de choses sur Li Wan pour l'envoyer en prison les vingt prochaines années. L'infiltration de Thomas Christo lui a permis de prendre la mesure de l'organisation mafieuse.

– Vous êtes coupable d'assassinat et de blanchiment, de vols et de recel d'œuvres d'art, de corruption. Et je doute que vos relations à Pékin vous permettent de sortir de cette situation.

Li Wan écoute calmement les révélations de Finville.

– Je connais le nom de vos complices à Paris et les méthodes que vous employez pour blanchir l'argent de vos crimes. Votre destin me fait penser à celui de la Chine, vous avez grandi trop rapidement, et l'heure des comptes a sonné.

Li Wan reste immobile sur son fauteuil, les mains posées sur ses genoux, le regard neutre.

– Mais je sais aussi faire preuve de pragmatisme, continue Finville. Rien ne sert de vous mettre en prison et de dévoiler tout cela aux médias et à la justice de nos deux pays. Un scandale de cette envergure serait véritablement une erreur pour vous et pour moi. Je pense que vous me serez plus utile en liberté, n'est-ce pas, monsieur Li Wan ?

Le Chinois acquiesce doucement de la tête. Finville va se servir de lui pour aller encore plus loin à l'intérieur de la Cité interdite, découvrir dans les moindres détails les liens qui unissent les oligarques et les mafieux chinois. L'utiliser comme il a utilisé Thomas Christo depuis sa sortie de prison. Cette fois-ci avec plus de souplesse et d'élégance. La DGSI n'a jamais cherché à le surprendre en flagrant délit. Elle voulait rester discrète et n'alerter personne. Finville lui demande gentiment :

– Pourriez-vous me signer ces quelques papiers, s'il vous plaît ?

– De quoi s'agit-il ?

– Oh, rien de très sérieux ! De la paperasse administrative. Mes supérieurs nous ont demandé de faire le point sur vos activités. On veut juste s'assurer de votre collaboration la plus totale.

Li Wan boit une gorgée de son thé avant de saisir le dossier de Finville, survolant rapidement les nombreuses pages du contrat. Il sait qu'il n'a plus le choix.

– Nous ne voulons pas récupérer les œuvres du palais d'Été, dit Finville, juste faire la connaissance de vos amis à Pékin.

Li Wan le regarde en esquissant un léger sourire.

– Je comprends parfaitement ce que vous me demandez…

Remerciements

Merci à mes « informateurs » du château de Fontainebleau, de la police et des gangs chinois ; à Lorenzo pour son amitié.

Merci à la famille, sans qui rien ne serait possible, et puis à Marie, Agathe et Alice, les plus affectueuses des « conseillères ».

DU MÊME AUTEUR

Les Nettoyeurs,
enquête, Fayard, 2013

L'Arme à gauche,
récit, Flammarion, 2008

Composition Nord Compo
Impression CPI Bussière en octobre 2016
Éditions Albin Michel
22, rue Huyghens, 75014 Paris
www.albin-michel.fr
ISBN : 978-2-226-32582-2
N° d'édition : 20768/01 – N° d'impression : 2021633
Dépôt légal : novembre 2016
Imprimé en France